LA SYNDICALISTE

Journaliste de formation, Caroline Michel-Aguirre est grand reporter au service politique du magazine *L'Obs*.

CAROLINE MICHEL-AGUIRRE

La Syndicaliste

STOCK

ISBN : 978-2-253-10139-0 – 1re publication LGF

Préface

La scène s'est produite à l'identique à plusieurs reprises. Je suis assise dans une librairie derrière une pile de livres. Un homme ou une femme s'approche, et me questionne sur le sujet de mon enquête.

— C'est l'histoire d'une syndicaliste qui s'intéressait de trop près à des contrats signés par son employeur, Areva, avec une entreprise chinoise, commencé-je, elle est retrouvée à son domicile agressée et violée, mais la police ne la croit pas et l'accuse d'avoir tout inventé.

— Ah… et ça se passe dans quel pays ?

— En France, en 2012.

À chaque fois j'ai lu la même incrédulité dans leurs yeux.

Cet étonnement, je le partage aujourd'hui encore, mêlé à une forme de colère. Comment cette suite d'événements peut-elle avoir eu lieu dans le pays où je vis, sans que personne ne s'en soucie ou presque ? La question continue de me tourmenter. Si j'ai écrit l'histoire de Maureen Kearney, c'était d'abord pour la sortir de l'oubli. Il me semblait que si nous poursuivions collectivement notre chemin, en faisant comme si rien ne s'était passé, nous allions perdre une part de notre humanité. Cette idée m'était insupportable.

De ce point de vue, la sortie de la première édition de *La Syndicaliste* m'a remplie d'espoir. Le livre a formé le premier maillon d'une chaîne à laquelle sont venues s'arrimer au fur et à mesure des personnes qui ne se connaissaient pas, mais qui avaient toutes en commun d'avoir été touchées par le destin de la syndicaliste d'Areva. Il y a d'abord eu les petits groupes de lecteurs et de lectrices réunis par des libraires engagés ; tout un monde vivant au sein duquel les gens se parlent et s'écoutent. J'ai découvert que pro- et antinucléaires, sympathisants de gauche et de droite, étudiants et retraités, étaient tout à fait capables de communiquer, alors que l'invective et l'anathème ont envahi l'espace public.

Il y a ensuite eu les échanges avec les documentaristes radio et télé qui se sont emparés du livre pour l'adapter, chacun avec leur sensibilité et leurs centres d'intérêt. Et puis, très vite, la volonté du réalisateur Jean-Paul Salomé et du producteur Bertrand Faivre de porter le récit sur grand écran. Je ne sais pas si cela arrive souvent qu'un projet se déroule ainsi, telle une évidence entre personnes venant d'univers si différents. J'ai été d'autant plus émerveillée que ma culture n'est pas celle de l'image. Les références que j'avais en tête en écrivant tenaient à la fois du roman policier inspiré de faits réels (spéciale dédicace à la trilogie historique de Ray Célestin, en attendant le quatrième tome) et de la tragédie grecque (*Antigone*). Jamais je n'aurais pu imaginer qu'une pensée qui m'avait traversée au moment d'écrire puisse un jour réapparaître dans le jeu d'un comédien.

En parallèle de ce tourbillon de rencontres, j'ai vu Maureen Kearney revenir à elle-même. Je connaissais la syndicaliste d'Areva avant son agression, en tailleur et chignon soignés, ses dossiers sous le bras, très maîtresse d'elle-même. J'ai connu la femme apeurée et tremblante, incapable de trouver ses mots et de rassembler ses souvenirs. J'ai observé l'héroïne d'un livre recevoir les questions bienveillantes, parfois indiscrètes ou maladroites, et tenter d'y répondre. Je l'ai vue reprendre de l'assurance au fil des mois, devenir capable de s'exprimer devant des audiences de plus en plus fournies. « J'ai beaucoup de chance », m'a-t-elle souvent dit à la suite de ces échanges, sans réaliser la triste ironie de cette phrase. De la chance, vraiment ?

Avant la sortie du livre, Maureen Kearney était une relation professionnelle, pas une amie. Quand je me suis lancée dans l'écriture, je ne lui ai rien promis. « Je vais reprendre l'enquête du début », lui avais-je simplement annoncé. J'ai mis longtemps à réaliser l'immense confiance qu'elle m'avait témoignée en me laissant me saisir de son histoire sans aucune garantie, sans réclamer aucun droit de regard. Un jour que je lui demandais pourquoi elle avait accepté, elle m'a répondu : « Parce que je n'avais rien à cacher. » J'ai appris beaucoup de choses à son côté. Alors que la vague MeToo déferlait sur la France, nous avons souvent réfléchi ensemble sur la manière dont la police et la justice traitent les femmes dans notre pays. Il y a encore tant à faire. Nous ne sommes qu'au début de la prise de conscience. Maureen Kearney, qui a abandonné le syndicalisme en 2012, se consacre désormais à des associations d'aide à l'enfance et aux femmes victimes de violences. Comme si elle s'employait à transmettre à d'autres l'énergie positive qu'elle avait reçue.

Comparé à cette mobilisation, le silence des grands protagonistes de cette histoire n'en est que plus assourdissant. Aucun responsable politique ne m'a contactée après la sortie du livre. Aucun haut cadre d'Areva ou d'EDF. Ni gendarme ni magistrat. Tous ceux qui ont eu à « en connaître », comme on dit dans le jargon des affaires secrètes de la République, se sont tus, et se taisent encore. Un scandale d'État mêlant souveraineté industrielle, énergie atomique, géopolitique et probité a été enterré dans une amnésie sélective assez sidérante. Pas un parlementaire pour ouvrir une commission d'enquête. Pas un parquetier pour se saisir de ce dossier.

J'ai ainsi réalisé que notre perception de la réalité est profondément conditionnée par notre système de valeurs et de normes. Les personnes qui ont le plus spontanément adhéré à l'histoire de la syndicaliste d'Areva sont extérieures au milieu parisien de la politique, de la communication et des affaires. À l'inverse, je continue de lire le scepticisme dans le regard de ceux qui participent de ce milieu. Je suis témoin d'une forme tenace de déni. Il leur paraît sans doute inconcevable que leur univers ait pu engendrer de tels événements. D'une certaine manière je les comprends. C'est inimaginable. Et pourtant. L'affaire Maureen Kearney n'a rien d'un simple fait divers. Elle s'inscrit dans un mouvement de déliquescence générale du nucléaire français dont nous subissons aujourd'hui les conséquences. Areva a sombré avec ses dizaines de milliers d'emplois ; EDF n'a plus rien d'un fleuron ; notre savoir-faire dans la production d'énergie atomique, fierté nationale qui nous permettait de rivaliser avec les États-Unis, la Chine et la Russie, s'est réduit comme peau de chagrin. Les pires craintes des syndicats d'Areva ont fini par se réaliser dix ans plus tard…

Depuis la sortie de la première édition de mon enquête, en 2019, j'espère qu'à force de rendre publique l'histoire de Maureen Kearney, de la diffuser, de la porter, un jour une voix finira par s'élever, un indice finira par apparaître, qui nous apportera enfin des réponses. « Ne perdons rien du passé, disait Anatole France, ce n'est qu'avec le passé qu'on fait l'avenir. » Nous avons besoin de ces réponses pour nous assurer un avenir décent. Nous avons besoin de savoir ce qu'il s'est exactement passé le matin du 17 décembre 2012 dans la maison de Maureen Kearney à Auffargis. Qui sont les responsables de tout ceci ? Et auront-ils à rendre des comptes un jour ?

Paris, le 31 octobre 2022

Je voudrais rendre ici un hommage tout particulier à Pierre Péan dont la conviction tranquille m'a confortée dans l'idée de me lancer dans cette aventure. Le texte qu'il avait eu la gentillesse de me donner en juin 2019 est sans doute le dernier qu'il a écrit avant sa mort inattendue un mois plus tard. Son décès a été un choc. Il ne m'a pas laissé le temps de le remercier assez.

« Le juge de paix m'engagea à étouffer l'affaire. Il expliqua :

— D'abord, Mademoiselle, on ne vous croira pas... Et c'est juste, remarquez bien... Que deviendrait la société si un domestique pouvait avoir raison d'un maître ?... Il n'y aurait plus de société, Mademoiselle... Ce serait l'anarchie. »

Journal d'une femme de chambre,
Octave MIRBEAU

17 décembre 2012. 13 h 39.
Début de la transcription.

APPELANT : Je suis là, Maureen, ne vous inquiétez pas (la personne parle à quelqu'un se trouvant à côté d'elle).
GENDARME : Gendarmerie, bonjour.
APPELANT : Bonjour madame, je suis venue chez une dame faire du ménage. Et quand je suis arrivée chez cette dame, elle était ligotée sur un siège, avec du scotch sur la bouche et puis un petit chapeau sur les yeux.
GENDARME : Sur les yeux. Est-ce qu'elle est blessée, cette dame ?
APPELANT : Elle avait comme un triangle sur le ventre et puis elle avait un couteau dans le vagin.
GENDARME : Comment ?
APPELANT : Il y avait un couteau enfoncé… dans son vagin.
GENDARME : Elle avait un couteau enfoncé dans son vagin ?
APPELANT : Voilà, oui.
GENDARME : On va appeler tout de suite les pompiers (bruit de discussions). Donc, là, actuellement, elle a le couteau… dans le vagin ?

APPELANT : Je l'ai tiré parce qu'il était enfoncé. J'ai tiré le couteau avec euh… un torchon.
GENDARME : … dans le vagin… mais elle saigne, la dame ?
APPELANT : Elle saigne pas, elle saigne pas du tout, non… parce que le couteau… c'était pas avec la lame, vous voyez, c'était dans l'autre sens, avec le manche, qu'il était enfoncé.
GENDARME : Est-ce qu'elle est consciente, cette dame ?
APPELANT : Ah oui, je viens de lui parler, je suis à côté d'elle, je lui ai donné à boire.
GENDARME : D'accord. Est-ce qu'elle peut nous dire à quelle heure ça s'est passé ?
APPELANT : Ça s'est passé à quelle heure, Maureen ? À 7 heures du matin. Apparemment, elle était en train de se laver les dents. C'est quelqu'un qui est rentré.
GENDARME : Est-ce qu'elle peut dire combien il y avait d'individus ?
APPELANT : Combien de personnes, Maureen ?
VICTIME (petite voix) : Je crois un.
APPELANT : Elle pense que c'est une personne.
GENDARME : Une personne qui était cagoulée ?
APPELANT : Elle n'a rien vu parce qu'il y avait son petit chapeau sur la tête, du coup, elle n'a pas vu grand-chose.
GENDARME : Qu'est-ce qu'il voulait ?
APPELANT : Qu'est-ce qu'il voulait, Maureen ?
VICTIME (petite voix aiguë) : Je sais pas !

APPELANT : Elle sait pas, elle sait pas. Pour l'instant, elle est en état de choc quand même. Parce que depuis 7 heures du matin... Je suis arrivée à 13 heures.

13 h 45.
Fin de la transcription.

Prologue

Ses amis la regardent comme une héroïne, une résistante, une mère Teresa, une martyre. Une femme qui a dérangé des intérêts qui la dépassaient et qui en a payé le prix intime. Une syndicaliste qui se croyait assez forte pour défendre les plus faibles et qui s'est retrouvée du côté des vaincus. Elle leur sourit, les yeux pleins de reconnaissance. Cela lui fait du bien qu'ils la voient comme une héroïne, une résistante, une mère Teresa, une martyre. Cette attention lui réchauffe le cœur. Même si elle ne se fait plus d'illusions. Au fond, la vie, ce n'est rien d'autre que ce qu'elle est en train de vivre en ce moment : son mari, sa fille, son fils, ses amies, ses amis, les maris de ses amies et les femmes de ses amis, venus exprès pour elle, l'envelopper de leur chaleur, lui prendre la main et la soutenir dans l'épreuve qui arrive. Son procès, attendu et redouté depuis quatre ans, qui va s'ouvrir dans quelques instants.

Aucun de ses amis ne l'a lâchée depuis ce 17 décembre 2012. Ils auraient pu. Il y aurait eu de quoi. Les nuits sans sommeil, les repas sans manger, les silences, les oublis, les appels en pleine nuit ; la fin des grandes fêtes, la fin des grandes conversations, le naufrage des idéaux ; la paranoïa, la certitude d'être suivie, écoutée, surveillée ; les appels masqués, les rendez-vous secrets. Elle a perdu dix kilos. Elle s'est débarrassée de toutes les chaises de la maison. A jeté les couteaux à lame en céramique. On mange debout chez elle, ou assis sur le canapé. Elle dort peu, et avec la lumière allumée. Elle refuse d'aller chez le coiffeur (la peur de sentir quelqu'un surgir dans son dos). Évite la foule et le métro. Elle a quitté son pavillon de la région parisienne et emménagé dans une petite ville de province. Sa maison est une grotte. La porte est dissimulée aux regards par une devanture de magasin. Elle a mis des années à retrouver le sourire. La première fois, c'était en jouant aux billes avec son petit-fils. L'espace d'un instant, elle avait oublié. Elle a esquissé un pauvre sourire, qui a éclos sur son visage sans couleurs. Quand on lui demande comment elle va, elle dit qu'elle a recommencé à vivre. Sans joie et sans plaisir.

Elle ne peut pas le deviner, mais à la fin de cette histoire, elle aura recouvré la mémoire et renoué avec son passé, même si plus rien ne sera jamais comme avant. Avant, elle avait à l'intérieur de son portable des numéros de députés, de sénateurs, d'un Premier ministre et d'un président de la République. Avant, ils l'appelaient « Maureen » ou, pour les plus paternalistes, « ma chère Maureen ». Ils la recevaient dans leurs bureaux rutilants de l'Assemblée ou des ministères, l'invitaient à des conférences et à des meetings. Parfois, aussi, ils lui demandaient des services. Et elle s'exécutait, dans la mesure de ses moyens. Elle pensait agir comme il le fallait, elle se croyait du bon côté, utile.

Parler d'elle en leur présence ne provoque plus, désormais, qu'un silence gêné, un regard détourné, un teint qui pâlit. Son nom a disparu des conversations peu de temps après l'agression. Quand le sujet s'invitait à la table de leurs dîners mondains, ces personnages importants l'appelaient « la syndicaliste » d'un air détaché. Comme s'ils ne l'avaient jamais connue ni fréquentée. Elle-même, en contactant son deuxième avocat (il y en avait eu un premier, il y en aurait un troisième), avait dit : « Bonjour, je suis la syndicaliste d'Areva. » C'était suffisant. Le nouvel avocat, Thibault de Montbrial, avait compris qui était au bout du fil. Il lisait les journaux. L'agression de la syndicaliste avait fait la une des quotidiens. Une sombre histoire de secrets industriels, d'espions chinois, de lutte à mort entre P-DG, de trahisons, de manipulations. Une affaire d'État. Un scandale d'État.

Elle s'appelle Maureen Kearney et elle est irlandaise. Elle aimait la France bien avant d'y construire une famille. À l'école de Castlebar, la petite ville de république d'Irlande qui l'a vue grandir, ses instituteurs lui ont appris que la Déclaration des droits de l'homme est la plus belle chose au monde, juste après la Constitution de son pays. Ce 15 mai 2017, Maureen Kearney déjeune Au Chien qui fume, à Versailles, avec ses amis. La brasserie attire les touristes avec sa décoration d'époque en boiseries et ses caricatures de chiens, une clope fichée dans le museau. C'est son amie américaine, Sue, qui l'a choisie.

Maureen cache son inquiétude derrière un masque impassible. Sa frange blonde couvre son front jusqu'au ras des sourcils. Ses cheveux sont serrés dans un chignon tarabiscoté qui tient par une pince à l'arrière de la tête. La monture de ses lunettes est d'un bleu assorti à ses yeux. Elle a un tic nerveux sur la joue gauche et ses lèvres tremblotent quand elle parle. Elle a chaussé des talons pour se sentir à la hauteur. Voilà quatre ans qu'elle n'a pas porté d'escarpins. Depuis ce jour lointain où, tournant le dos à sa vie dans le « business », elle a fourré sa panoplie de femme active dans de grands sacs-poubelle noirs. Ils sont restés un long moment dans l'entrée du pavillon, silhouettes menaçantes, immobiles et ventrues, qui semblaient la tenir à l'œil.

Elle a dû fouiller dans son dressing pour dénicher cette paire de talons noirs qui appartenaient à sa mère. Au milieu des tenues décontractées, jeans et baskets, qui habillent désormais son quotidien, elle a aussi exhumé une jupe stricte et une veste pied-de-poule très épaulée qu'elle avait achetées avec ses premiers salaires. L'ensemble flotte sur son corps amaigri et lui donne une allure de Jane Fonda revenue des *eighties*, époque où les femmes singeaient la carrure masculine pour se sentir les égales des hommes. À cet instant précis, assise devant son assiette intacte, Maureen se sent comme un fantôme revenu des ténèbres. Un fantôme qui n'effrayerait plus personne, invisible et inoffensif. Un fantôme de fantôme.

La syndicaliste est une étrangère. Étrangère à la culture française, à notre système juridique, à nos règles non écrites, au milieu des ingénieurs dans lequel elle a évolué pendant vingt ans. Dans les années 1990, Maureen Kearney enseignait l'anglais à des cadres d'une filiale d'Areva, un groupe public qui conçoit, fabrique et alimente en uranium des réacteurs pour les centrales électriques. Elle ne connaissait rien au nucléaire, rien à l'économie. Son mari, Gilles, exerce le métier d'ingénieur du son, leurs amis appartiennent au monde du showbiz. C'est parce qu'elle attendait un second enfant qu'elle a cherché un emploi stable. Par hasard, elle a atterri chez Areva, fleuron industriel des Trente Glorieuses, né de la volonté du général de Gaulle de maintenir la France dans le concert des nations. Maîtriser l'énergie nucléaire, c'est maîtriser la bombe atomique, et donc rester un membre permanent du Conseil de sécurité des Nations unies.

Au milieu des années 2000, Maureen Kearney est devenue la plus haute représentante des 75 000 salariés d'Areva. Elle est secrétaire du comité de groupe européen. Charismatique et respectée, elle est la chef de file de tous les employés du groupe. L'alter ego syndical du président de la société. Elle est appréciée et écoutée, y compris par Anne Lauvergeon, la présidente d'Areva, qui trône depuis 2001 sur cette entreprise à la pointe de la technologie – une fierté nationale.

La reine Anne bénéficie d'une grande aura médiatique. Joyeuse et insolente, elle a été la « sherpa » du président Mitterrand, l'organisatrice de ses grands sommets internationaux. Seule femme du cénacle très fermé des grands patrons, elle s'est taillé un petit empire industriel à la mesure de ses ambitions, illimitées. Elle est la « reine mère » – le surnom dont l'affublent certains cadres –, mâchoire volontaire, regard ironique et sourire sans pitié. Elle veut qu'Areva devienne le fer de lance du nucléaire français à l'étranger. En agrandissant son territoire, elle a empiété sur celui d'EDF, baronnie pépère et convoitée, où l'État recase ses fidèles serviteurs. Quand les dirigeants d'EDF sont enfin sortis de leur torpeur, ils ont hurlé : « Elle va pas nous piquer notre place de leader mondial, la reine Anne ! »

En 2009, Nicolas Sarkozy a nommé Henri Proglio à la tête d'EDF. Un homme à poigne, au caractère ombrageux et au visage sans joie, qui avait fait toute sa carrière dans une entreprise privée, le distributeur d'eau Générale des eaux, devenue Vivendi, puis Veolia. Sa mission consiste à récupérer la couronne d'EDF. La bataille a duré deux ans. Le baron Henri l'a emportée. En 2011, la reine Anne a été chassée de son royaume, mais Maureen Kearney, son alliée, a continué la lutte. Au nom des autres salariés, elle a cherché à protéger Areva, leur gagne-pain, des appétits d'EDF. Le successeur d'Anne Lauvergeon, Luc Oursel, était un patron peu sûr de lui, colérique et cassant. Ils étaient nombreux, chez Areva, à penser que le nouveau président se comportait en vassal du baron Proglio. Maureen Kearney et tout le comité de groupe européen s'opposaient à lui et aux plans d'EDF.

Sans doute, dans sa volonté de bien faire, a-t-elle outrepassé son rôle. Elle l'a payé au prix fort. Elle a reçu des messages anonymes : mêle-toi de tes affaires. Elle a continué. Le 17 décembre 2012, un agresseur a pénétré chez elle et, avant de partir, lui a lancé :

— C'est le deuxième avertissement, il n'y en aura pas de troisième.

Maureen Kearney a cru mourir. C'était il y a cinq ans, et elle est toujours morte de peur.

Ce 15 mai 2017, ce n'est pourtant pas sur le banc des victimes qu'elle va s'installer, mais sur celui des accusés. La justice lui reproche d'avoir inventé son agression. Dans quelques heures, le procureur demandera réparation pour les frais d'investigation engagés afin de retrouver cet assaillant qui, selon lui, n'a jamais existé. Les enquêteurs pensent que la syndicaliste n'a été qu'une marionnette entre les mains d'Anne Lauvergeon et que, telle une Jeanne d'Arc irlandaise et illuminée, elle a entendu une voix, celle de la reine Anne, lui intimant l'ordre de se sacrifier. De s'humilier au point de mettre en scène un viol pour barrer la route au démantèlement d'Areva.

Si tel était le plan, il a échoué. Le groupe a disparu en 2016, cinq ans après la catastrophe de Fukushima et quatre ans après l'agression de la syndicaliste. Une partie d'Areva est devenue Orano (gestion du combustible), l'autre a été récupérée par EDF (fabrication des réacteurs). Des milliers d'emplois ont été détruits dans la débâcle. De ces milliers de victimes, sans voix, sans visage et sans nom, il ne reste rien, aucune trace.

Seule Maureen Kearney possède encore un nom, un visage et une voix.

Autour de la table du Chien qui fume, ses amis se serrent autour d'elle. Véronique est arrivée la dernière, avec un bon quart d'heure de retard. Graphiste freelance, elle est la bonne copine sur qui on peut toujours compter. Plus émotive que Maureen, plus démonstrative, paniquée à l'idée de parler devant des juges et de dire une bêtise qui se retournerait contre son amie, Véronique s'est perdue en sortant du RER C, station Versailles-Rive-Gauche. Dans cette ville conçue par le Roi-Soleil pour incarner son pouvoir éternel, les artères sont tellement larges que l'homme du commun est pris de vertige dès qu'il doit les franchir. Elle a enfin trouvé le chemin du Chien qui fume, situé sur la place du Marché. De sa voix basse de grosse fumeuse, elle lâche en arrivant :

— Ce n'est pas à moi que ça arriverait, une histoire pareille. Moi, les histoires de boulot de Maureen, ça me dépasse.

Elle s'assoit à côté de François qu'elle a toujours connu avec sa moustache de grand-père rassurant. Ancien cadre de la filiale d'Areva où Maureen donnait des cours d'anglais, aujourd'hui à la retraite, il est le meilleur ami de la syndicaliste. C'est lui qu'elle appelle quand elle a des crises d'angoisse. Lui qui témoignera en premier à la barre du tribunal. Il la tançait parfois :

— Maureen, tu joues trop dans la cour des grands, tu vas finir par te brûler les ailes.

À côté de François se tient Jean-Pierre, un ancien marin, solide et bienveillant. Il est le coordinateur des sections CFDT d'Areva. Avec Maureen, ils ont formé un duo que les copains appelaient en rigolant la « Dream Team ». C'était la belle époque, l'argent coulait à flots, l'avenir s'annonçait radieux et l'échec impossible. Jean-Pierre est un meneur d'hommes à l'esprit clair et méthodique, mais ses yeux s'embuent dès qu'il évoque Maureen :

— Cette histoire, elle vous prend aux tripes, répète-t-il.

Il pense que le prix payé par son amie est bien trop élevé pour une victoire syndicale.

Aucun des personnages connus de cette histoire ne sera présent à l'audience. Ni Anne Lauvergeon, ni Henri Proglio, dont le nom n'est même pas évoqué dans le dossier d'instruction. Les gendarmes n'ont pas vu, pas su ou pas voulu connaître la véritable toile de fond de cette affaire, la violence de la rivalité entre Anne Lauvergeon et Henri Proglio. Aucun dirigeant d'Areva, même parmi ceux qui ont bien connu la syndicaliste, n'a fait le déplacement. La plupart ont tourné la page :

— Maureen Kearney ? Mais elle est folle, non ? balaient-ils d'un revers de main quand on les interroge.

Elle est une « no body », une femme sans corps et sans importance.

Il n'y aura pas, non plus, les amis politiques de l'ancienne syndicaliste. Bernard Cazeneuve, ancien député-maire de Cherbourg, s'est mis en retrait de la politique après la débâcle de son ami François Hollande. Il est retourné au cabinet d'avocats August Debouzy, l'un des plus réputés de Paris. Il a refusé avec constance de répondre à mes questions, tout comme il a laissé sans réponse les messages des camarades de la CFDT. Il m'a juste envoyé un texto :

— Maureen Kearney ? Je ne la connais pas bien. Et je ne m'exprime jamais sur des enquêtes passées ou en cours. Par principe.

J'ai insisté, voulu évoquer la restructuration de l'industrie nucléaire. Il a éludé :

— Il s'agit de questions qui n'ont pas encore abouti, qui ont suscité des débats, et je ne vais pas, en parlant, compliquer la tâche de mes successeurs. L'intérêt national compte.

Seul Arnaud Montebourg a réagi au SMS que je lui ai envoyé quelques jours avant le procès. Il a eu l'air surpris :

— Mais la justice n'a-t-elle pas conclu à une mise en scène de sa part ?

J'ai démenti. Non, la justice n'a pas tranché. Oui, cela fait cinq ans. Le procès va bientôt se tenir. Après cette conversation, l'ancien ministre du Redressement productif a envoyé un message de soutien qui sera lu, tout à l'heure, devant le tribunal correctionnel de Versailles.

Face à la justice, Maureen Kearney sera donc seule. Seul témoin des manœuvres, des ambitions, des manipulations qui ont conduit à la perte d'Areva et à la sienne. Son ami Jean-Pierre dit souvent : qu'elle ait inventé son agression ou pas, Maureen est une victime. Elle est le seul visage connu du naufrage d'Areva, la seule vie brisée dont les médias auront parlé. Elle est un symbole pour ceux qui ont tout perdu. Ce n'est pas un hasard si le jour de son procès ne viendront que des anonymes et aucun puissant.

Les cafés sont terminés, l'addition est réglée, toute la petite troupe s'apprête à partir. Il sera bientôt 14 heures. On suit le groupe qui longe la place du Marché, retraverse l'avenue de Saint-Cloud – le château veille au loin tel un cerbère inquiétant – et remonte la rue Georges-Clemenceau. Les arbres de la petite place André-Mignot offrent une ombre bienvenue au soleil du mois de mai. La salle C se situe en haut d'une volée de marches en bois clair. Il faut pousser de lourdes portes en verre épais. Des briques rouges tapissent les murs.

Maureen pénètre dans la salle d'audience et va s'asseoir au premier rang. Elle ne peut pas les voir, mais quelque part dans les coulisses du tribunal de grande instance de Versailles, les magistrats se préparent à entrer en scène. La juge et ses deux assesseurs ont enfilé leur robe noire sur leur tenue de ville. Au Moyen Âge, les auxiliaires de justice étaient des prêtres dont les actuels magistrats ont gardé la soutane. Les juges de la syndicaliste se tiennent derrière la porte qui se trouve au fond du tribunal, face au public. La sonnerie retentit. La porte s'ouvre. Tout le monde se lève.

— Vous pouvez vous asseoir, autorise la présidente.

Mais pour comprendre comment Maureen Kearney, ex-syndicaliste d'Areva, en est arrivée là, accusée de « dénonciation mensongère », un délit passible de six mois de prison et de 7 500 euros d'amende, il faut remonter le temps. Repartir du 28 juin 2012. Ce jour-là, Maureen Kearney a rendez-vous au ministère des Affaires européennes avec Bernard Cazeneuve. Elle est accompagnée de son ami et camarade de la CFDT, Jean-Pierre Bachmann. C'est à ce moment-là que l'engrenage s'est enclenché.

PREMIER ACTE

Manipulations

Juin 2012 – Décembre 2012

1

Le ciel de Paris a viré au gris de plomb. Encore 34 degrés, ce 28 juin 2012, en fin d'après-midi. La capitale étouffe. Les Parisiens guettent l'orage par leurs fenêtres ouvertes. La délivrance ne vient pas. Depuis l'élection de François Hollande, c'est tout le pays qui retient son souffle : et si l'on s'était trompé sur la nature véritable du président ? Le déluge qui s'est abattu sur lui dès son investiture, puis la foudre qui a frappé son Falcon 7X le soir même, alors qu'il s'envolait vers l'Allemagne, ont été perçus comme des signes de la colère divine. Faut-il qu'un peuple séculier soit désorienté pour croire à nouveau au dieu de la Pluie et de la Foudre ! Un mois après la victoire, l'angoisse étreint le pays, comme si Zeus avait réellement pu jeter un sort au nouveau chef de l'État et le condamner à cet immobilisme stoïque qui l'a affecté dès les premières pluies.

Maureen Kearney ne partage pas cette inquiétude. Elle voit dans l'élection du président socialiste un heureux présage. Elle connaît personnellement plusieurs membres du gouvernement. Arnaud Montebourg, Nicole Bricq, Bernard Cazeneuve. Élus locaux, ils ont eu, ou ont toujours, des usines Areva dans leur circonscription. Elle les sait soucieux de l'emploi. Jean-Pierre Bachmann la taquine souvent sur ses relations. Son carnet d'adresses est devenu sa marque de fabrique. Au nom du comité de groupe européen, la secrétaire multiplie les courriers, distille des informations, appelle, prend des rendez-vous, relance. Sa méthode, c'est le lobbying politique. Jean-Pierre se moque d'elle, mais, au fond, il l'admire. Elle n'a pas froid aux yeux, Maureen. N'est pas encombrée des codes français. Elle ne se laisse pas impressionner par monsieur-le-député-maire ou monsieur-le-président-directeur-général. Elle parle « cash » aux puissants. Dit les choses comme elle les pense, quitte à déplaire. Sans mentir, déformer ou édulcorer. Et c'est utile, dans le combat syndical, une déléguée qui n'a pas de plan de carrière. Jean-Pierre ne compte plus les victoires syndicales remportées grâce à l'activisme de son amie, qui a le don d'entraîner les autres délégués, même les plus frileux.

En gaélique, *Kearney* signifie « guerrier courageux ». Chez les Kearney de Castelbar, à l'ouest de la République catholique d'Irlande, les guerriers sont des guerrières. Née le 17 juillet 1955 à Londres de parents irlandais, Maureen a été élevée par des femmes fortes. Quand elle était petite, sa grand-mère maternelle écrivait chaque semaine au Premier ministre britannique, le baron Harold Wilson, pour s'émouvoir du sort des militants de l'IRA, qui croupissaient, sans procès, en prison : « Si vous vous conduisez en hors-la-loi, vous ne valez pas mieux qu'eux. »

Et chaque semaine, la grand-mère confiait à la petite Maureen le soin de porter la lettre à la poste. Son mari, quant à lui, s'était battu avec le leader indépendantiste Michael Collins et avait participé à la création de l'État libre d'Irlande, en 1921. À la maison, on ne parlait pas de la guerre, mais on était fiers d'être irlandais et d'avoir bouté les Anglais hors du pays.

Maureen est l'aînée de trois frères dont elle s'est beaucoup occupée. Le père, Tom, est un catholique fervent et strict, qui exerce la profession de comptable dans une société de chemins de fer. Sa mère, Patricia, cultivée et féministe, s'est mariée trop jeune. Elle a fini par quitter Tom. Ce n'était pas rien, à l'époque, d'avoir des parents séparés. Pour élever ses quatre enfants, Patricia est devenue cuisinière dans un hôpital. Quand elle en avait le temps, elle militait pour la libération de Nelson Mandela. Elle avait accroché un badge à l'effigie du révolutionnaire sud-africain au revers du manteau de sa fille, qui ne savait pas grand-chose du monsieur au visage grave qui ornait son insigne. À l'école de Castelbar, les élèves lui posaient des questions. Alors elle relevait le menton, fière de mener un combat important au côté de sa mère.

Maureen Kearney a pu suivre des études secondaires. D'abord réticent, son père avait finalement accepté de financer son lycée, parce qu'elle avait d'excellents résultats et qu'elle avait promis d'être toujours une bonne fille pour lui. Étudiante à la Loreto Secondary School, un établissement privé d'enseignement pour les filles, près de Cork, dans le sud du pays, Maureen a continué à militer. Elle a mené une collecte pour les victimes de la famine au Biafra et aussi organisé un *sit-in* contre les prières du dimanche, trop nombreuses à son goût.

À vingt ans, Maureen a croisé la route d'un jeune Français, Vincent. Amoureuse, elle a remporté en 1975 une bourse pour étudier le français à la faculté de lettres d'Aix-en-Provence. Le couple n'a pas duré et Maureen est revenue au pays, un petit garçon sous le bras. Elle a décroché un diplôme d'institutrice, s'est inscrite à l'université des Relations industrielles, puis a travaillé au ministère de la Condition féminine.

Le coup de foudre avec Gilles, son futur mari, l'a ramenée en France, où elle s'est d'abord occupée des relations presse d'une maison de disques, Chant du Monde. En 1987, alors qu'elle attendait son second enfant, une fille, elle a décroché un emploi de professeur d'anglais à la SGN, la Société générale pour les techniques nouvelles, une filiale d'Areva située à Montigny-le-Bretonneux, dans les Yvelines. Elle donnait des cours aux ingénieurs qui partaient à l'étranger. Elle était très aimée de ses élèves. Elle montait des pièces de théâtre en anglais, organisait des voyages en Irlande. Les leçons particulières invitaient à la confidence, Maureen Kearney savait écouter ses élèves. C'est parce que plusieurs d'entre eux ont fondu en larmes en plein cours que l'enseignante s'est intéressée à la situation de l'entreprise. Nous étions en 2000.

Les dernières pierres des dernières centrales nucléaires françaises avaient été posées, la SGN manquait de commandes et la direction voulait le départ de 200 ingénieurs, mais sans leur payer d'indemnités de licenciement. On les avait placardisés et regroupés, pour les dégoûter et les pousser au départ, dans « le couloir de la mort ». Le nom que les autres salariés avaient donné à cet endroit morbide. Maureen Kearney a pris fait et cause pour eux, alerté tous les députés et sénateurs des Yvelines, organisé un *sit-in* devant les bureaux de la direction et une manifestation au pied du siège d'Areva, rue Laffitte à Paris. C'était assez inhabituel dans cette entreprise discrète, où le plus grand acte de rébellion consistait jusque-là à se regrouper dans le hall des établissements. La direction a plié et payé un vrai plan social avec des indemnités. Après ce coup d'éclat, Maureen Kearney s'est encartée à la CFDT. Sa vie syndicale a débuté.

On dit que les Irlandais sont les Latins du Nord. Une culture bon enfant et chaleureuse. Ils aiment sortir et chanter. Patrons et employés se retrouvent au pub. Il n'est pas inconvenant d'y parler de soi, des petits événements de la vie. Cela ne fait pas de vous des amis. En Irlande, il n'y a pas, comme chez nous, de barrières sociales étanches.

Dans les années 2000, durant cette décennie d'intense activité syndicale, Maureen Kearney s'est constitué un énorme réseau d'amis et d'informateurs. Des ingénieurs, des cadres, des politiques, dont certains avec qui elle a noué des liens de confiance. C'est Nicole Bricq, députée puis sénatrice de Seine-et-Marne, qui lui a présenté Bernard Cazeneuve, le député-maire de Cherbourg. Ce dernier s'est toujours intéressé au nucléaire. Areva et EDF figurent parmi les plus gros employeurs de sa région. Entre la centrale électrique en activité de Flamanville, le nouveau réacteur, un EPR (réacteur pressurisé européen), en construction à côté et l'usine de retraitement de La Hague, qui reçoit du combustible usagé de partout dans le monde, ce sont des milliers de familles qui dépendent de l'industrie nucléaire.

Quand il est à Paris, l'édile de Cherbourg ne manque pas une occasion d'inviter la syndicaliste d'Areva à prendre un café à la buvette ou dans les jardins. Parfois, il l'appelle sur son portable, comme en ce mois de septembre 2011.

— Bonjour Maureen, c'est Bernard Cazeneuve. J'ai entendu dire qu'Areva allait choisir Le Havre pour son usine d'éoliennes marines. Je pense que Cherbourg serait un meilleur choix. Le groupe pourrait faire des économies en regroupant ses activités d'éoliennes avec l'usine de retraitement de La Hague. Et, pour notre bassin d'emploi, ce projet donnerait des perspectives d'avenir. Mais les syndicats, ici, ne se bougent pas beaucoup. Est-ce que vous pourriez écrire à la direction d'Areva et pousser les atouts d'une implantation à Cherbourg ?

Maureen Kearney s'est exécutée, elle essaie toujours de répondre présent quand on lui demande un coup de main. Elle a plaidé la cause de Cherbourg, mais Le Havre l'a emporté : son maire, Édouard Philippe, futur Premier ministre d'Emmanuel Macron, venait tout juste de quitter la direction d'Areva où il s'occupait des affaires publiques.

La campagne présidentielle a encore rapproché Maureen Kearney et Bernard Cazeneuve. Le 7 décembre 2011, ce dernier a organisé une réunion entre les syndicats d'Areva et François Hollande, en déplacement en Bourgogne pour parler de la « France industrielle ». Les représentants d'Areva s'inquiétaient de l'accord de gouvernement conclu, mi-novembre, entre le Parti socialiste et les Verts, anticipant une sortie du nucléaire. Déjà, Bernard Cazeneuve avait dû intervenir personnellement pour obtenir le retrait d'une disposition prévoyant l'arrêt du MOX, un combustible composé d'un mélange d'uranium appauvri et de plutonium usagé, fabriqué à La Hague. Ce caviardage a beaucoup irrité la chef de file des Verts, Cécile Duflot, qui a affublé Bernard Cazeneuve du surnom de « Moxou ». Moxou ! Moxou ! Elle l'appelle ainsi dans son dos et s'en amuse.

Ce 7 décembre 2011, Maureen et Jean-Pierre se sont levés très tôt. Jean-Pierre a loué une voiture, il est passé prendre Maureen chez elle et a conduit toute la matinée. Le rendez-vous est à l'hôtel Novotel du Creusot-Montchanin. Ils doivent rencontrer tout l'état-major socialiste en charge des questions industrielles. Jean-Marc Ayrault, Arnaud Montebourg, Bernard Cazeneuve et un jeune conseiller encore inconnu nommé Emmanuel Macron. François Hollande prend la parole :

— Il nous faut préparer l'avenir. Tirer les enseignements de la catastrophe de Fukushima. L'avenir, ce sont les énergies vertes. Notre accord avec les Verts prévoit une diminution progressive de la part du nucléaire dans le mix énergétique de la France de 75 % à 50 % et la fermeture de 24 réacteurs sur 58. Mais cela se fera progressivement. Pas question de sortir du nucléaire du jour au lendemain, comme en Allemagne.

Au milieu des ouvriers du Creusot, qui forgent les énormes cuves en acier des réacteurs nucléaires, Maureen Kearney détonne. Seule femme, et comme à son habitude, tirée à quatre épingles, chignon sophistiqué et tailleur-pantalon. Un look de cadre plus que de salariée. Elle prend la parole.

— Votre discours, si vous me permettez, c'est du blabla de technocrate. Revenez sur terre ! La réalité, si vous stoppez le nucléaire, ce ne sont pas seulement des emplois perdus. Ce sont des dizaines de milliers d'hommes, de femmes et aussi d'enfants, dont le présent et l'avenir dépendent d'Areva et qui vont se retrouver à la rue.

L'état-major socialiste a promis de tenir compte des retombées sociales et des conséquences humaines.

Quelques semaines plus tard, Maureen Kearney découvre quelque chose qui va changer le cours de sa vie : EDF négocie en secret un partenariat avec son homologue chinois, le China Guangdong Nuclear Power Holding Corporation, dit CGNPC. Dans le dos d'Areva. Quelqu'un lui a envoyé un « protocole d'accord » d'une demi-douzaine de pages, daté du 29 avril 2010, qui jette les bases d'une future coopération entre les deux entreprises. EDF et CGNPC ont l'intention de s'associer pour tous leurs futurs projets de centrales nucléaires, que ce soit en France, en Chine ou dans le reste du monde. Plus précisément, EDF propose de former les équipes et les sous-traitants de CGNPC afin qu'ils puissent, à terme, venir travailler sur le parc nucléaire français. Maureen Kearney comprend qu'EDF envisage de mettre en concurrence Areva avec CGNPC.

Le calcul d'EDF est le suivant : il n'y a plus beaucoup de centrales nucléaires à construire en France, à part Flamanville et peut-être une autre. Au mieux. En revanche, la Chine projette de bâtir 200 centrales dans les trente prochaines années. EDF et Areva possèdent l'expérience et le savoir-faire. CGNPC détient l'argent et contrôle le marché. Mais pour partager cet énorme gâteau avec EDF, l'entreprise chinoise exige des transferts de technologies. Donnant donnant. EDF est d'autant plus enclin à accepter cette contrepartie que la technologie ne lui appartient pas : c'est celle d'Areva, son ennemi juré. C'est en tout cas ainsi que les syndicats analysent la situation. Au nom du réalisme économique et du pragmatisme financier, l'électricien serait convaincu qu'il vaut mieux perdre un peu de technologie que laisser échapper le marché chinois, qui se chiffre en dizaines de milliards d'euros. Au passage, Areva récupérerait des commandes de réacteurs qui seront une contrepartie suffisante, estime EDF, à ses transferts de savoir-faire.

EDF n'a pas eu gain de cause en 2010. Alerté, le gouvernement de François Fillon a interdit la signature de l'accord. Et, en février 2011, Nicolas Sarkozy a obligé Henri Proglio à associer Areva à tous ses futurs projets chinois. Du moins, officiellement. Car les informateurs de Maureen Kearney, chez Areva comme chez EDF, lui assurent qu'Henri Proglio aurait poursuivi ses négociations en secret. C'est la raison pour laquelle ils ont pris le risque de divulguer ce protocole ultraconfidentiel : il faut faire éclater le scandale au grand jour, démontrer la duplicité d'EDF, alerter l'appareil d'État. Et Maureen a tous les atouts pour ça : le culot et le carnet d'adresses politique.

Un peu avant Noël, Maureen Kearney donne en main propre l'accord secret de 2010 à Bernard Cazeneuve, alors en campagne pour l'élection présidentielle, qui écrit dans la foulée à François Fillon. La lettre date du 23 décembre 2011 :

Monsieur le Premier ministre,

Cet accord soulève de vives inquiétudes pour l'avenir de la filière nucléaire et de l'industrie française. Il appelle de notre part plusieurs interrogations. Le Gouvernement a-t-il eu connaissance de cet accord en temps utile et a-t-il pu évaluer, notamment pendant les négociations, s'il n'engageait pas trop largement la souveraineté de la France et la maîtrise des technologies les plus essentielles à la filière ? Areva sera-t-elle placée demain, par son propre gouvernement, en situation de concurrence face à une entreprise publique chinoise qui aurait bénéficié de transferts de technologies françaises ? Une entreprise chinoise pourra-t-elle demain construire des centrales nucléaires françaises ?

François Fillon n'a jamais répondu. Mais le message est clair : faites attention à ce que mijote EDF, l'opposition socialiste veille.

Durant cet hiver 2011, Maureen Kearney a pris sa carte du PS. Elle y croit. Elle a envie de s'engager. Bernard Cazeneuve l'a présentée à Marie-Arlette Carlotti qui s'occupe du pôle « égalité femmes-hommes » de la campagne de François Hollande. Marie-Arlette Carlotti a inscrit Maureen Kearney sur sa liste de « personnalités féministes ». Le 2 mars 2012, Maureen Kearney se rend à un apéritif au QG de campagne de François Hollande, au milieu d'un parterre de people et de politiques. Six jours plus tard, elle participe au meeting donné par le candidat à Reims pour la Journée internationale de la femme. Dans le bus qui l'y emmène, elle reconnaît Laure Adler, Anne Hidalgo, Élisabeth Guigou, Sylviane Agacinski, Myriam Boyer, Macha Méril, Éva Darlan, Catherine Tasca, Marylise Lebranchu. Elle est en compagnie du gratin des invitées du Parti socialiste.

Sitôt l'élection gagnée, elle sollicite un rendez-vous auprès de Bernard Cazeneuve :

Monsieur le Ministre,

En tant que secrétaire du comité de groupe européen d'Areva, je vous félicite pour votre nomination au sein du nouveau gouvernement et vous souhaite beaucoup de succès dans votre travail. Je vous prie de bien vouloir nous rencontrer d'urgence afin de discuter ensemble des emplois, des compétences et du savoir-faire unique des salariés d'Areva. Nous savons que vos décisions détermineront notre avenir. Plusieurs dossiers stratégiques pour notre pays et notre groupe semblent nous échapper au profit des Chinois et des Russes. Nous renforçons les compétences de nos concurrents et nous fragilisons la filière nucléaire française et les emplois qui en dépendent.

Bernard Cazeneuve a aussitôt laissé un message sur son portable :

— Il faut que l'on se voie, vite.

Ce 28 juin 2012, Bernard Cazeneuve savoure sûrement sa victoire. Au frais derrière le double vitrage, la climatisation ronronnant doucement, le nouveau ministre délégué aux Affaires européennes peut voir, derrière sa fenêtre, les voitures glisser sur le quai d'Orsay et, plus loin, la Seine rouler des vagues grises et épaisses. Sa nomination a surpris. Avant cela, il n'avait connu que des postes subalternes en cabinet, à la fin de l'époque Mitterrand. Il était toujours resté dans l'ombre de ses mentors. Peu de gens savent que lui et François Hollande sont de vrais bons copains depuis plus de vingt ans. Ils s'échangent des textos, s'envoient des petites blagues, partagent ce sens de l'autodérision qui tient les émotions à distance. Bernard réserve à François ses meilleures imitations, celles de Mitterrand et de Giscard. Il le distrait. Une fois par semaine, quand leur emploi du temps le permet, ils déjeunent ensemble et parlent de leurs régimes respectifs. Bernard Cazeneuve le confesse volontiers :

— Garder la ligne, c'est le combat de ma vie.

Il voit bien que, depuis l'élection, François craque de plus en plus souvent pour des viandes rouges et des profiteroles au chocolat. Lui ne lâchera rien. Poisson et légumes vapeur tous les midis. Un carré de chocolat pour les grandes occasions. Pas question de devenir un « petit gros », son pire cauchemar. Un mètre soixante-sept, « sans talonnettes ! », lance-t-il parfois par provocation. Bernard Cazeneuve soigne son apparence. Il porte un tel soin à sa mise que son dressing est plus spacieux que celui de sa femme. Des cravates Hermès, des chemises taillées sur mesure et brodées à ses initiales, des chapeaux à large bord pour étirer la silhouette et des chaussettes colorées – seule entorse au chic anglais qu'il vénère. Il vient de fêter ses quarante-neuf ans. Il en paraît dix de plus.

Dire que des gens dans la rue le confondent avec Éric Ciotti… Il fait mine d'en rire, mais cela doit le vexer. Il admire les acteurs américains au physique avantageux, chevelure sombre, prunelles de velours. Cary Grant et James Stewart. Il n'appartient pas à cette catégorie d'hommes dont l'intrusion dans une pièce attire les regards et interrompt les conversations. Lui s'exprime d'un ton volontairement bas qui oblige ses interlocuteurs à la plus grande attention. Les gens le pensent austère et froid. Ils n'imagineraient jamais que, derrière ses mines de notaire, il cache des frénésies de shopping.

Sur son bureau en verre, le ministre a disposé sa collection de stylos plume dans une dizaine de pots en cuir alignés comme une armée. Le quinquennat de François Hollande doit être l'apogée de sa carrière politique. Il n'a pas le droit à l'erreur. Ses chers camarades de la rue de Solférino l'attendent au tournant. Pendant la campagne, ils se sont étonnés de son ascension : porte-parole du candidat socialiste ! Lui, cet inconnu, ce passe-muraille, ce petit soldat, cette grisaille. Il a toujours dédaigné les jeux d'appareil. Des enfantillages. Il se méfie de ces trotskistes défroqués qui se nourrissent de manœuvres dérisoires et croient gouverner le monde. Quand Laurent Fabius, son premier mentor, l'avait envoyé à la reconquête de la mairie d'Octeville, près de Cherbourg, il n'avait pas protesté. Mais il n'a rien oublié de ces mois de solitude dans la presqu'île de la Manche où il ne connaissait personne. Il était un étranger, un « horsain » disent les Normands. Dix-huit ans déjà. De Mitterrand, il a retenu qu'un élu doit s'enraciner dans son terroir. Il s'est accroché à ce Cotentin, aride et venteux, il a aimé ces landes désertiques, tout juste piquées de moutons statufiés. Dix-huit ans à labourer sa terre : maire d'Octeville, député de la Manche, maire de Cherbourg, premier vice-président de la région de Basse-Normandie. Il est devenu un baron local. Il doit le rester. Depuis le Quai d'Orsay, il continuera de veiller sur Cherbourg et sur Areva.

— Gare-toi là, sur la place de livraison. On va être en retard ! lance Maureen.

Elle ajoute, inquiète :

— Je me demande bien ce qu'il a découvert, Cazeneuve, pour nous convoquer en urgence comme ça.

Jean-Pierre manœuvre la voiture de location et la range sur la place interdite. Il est 17 h 25 quand ils se présentent à la guérite sur le côté droit du Quai d'Orsay, rue Robert-Esnault-Pelterie. Le ministère des Affaires étrangères occupe toujours l'imposant palais construit pour lui au temps du Second Empire. Avec son toit carré et ses colonnades blanches, il reflète à merveille le besoin d'ordre et de discipline du siècle bourgeois. Mais aucun visiteur ne passe par l'entrée principale, sauf pour les grandes occasions. On entre par un bâtiment sur le côté qui abrite aussi le ministère des Affaires européennes. Maureen et Jean-Pierre pénètrent par une porte à droite et se présentent à l'accueil.

— Nous venons voir Bernard Cazeneuve.

Un huissier vient les chercher. Il les précède dans l'escalier en marbre clair, les guide au deuxième étage et les introduit dans un salon étroit à peine égayé d'une plante verte.

— Le ministre vous attend.

Bernard Cazeneuve occupe un petit bureau d'angle dont le sol est couvert d'une moquette bleu roi piquetée de fleurs jaunes. Le motif est assorti au drapeau européen qui se dresse, fatigué et poussiéreux, dans un coin près de la fenêtre. Les murs sont tendus d'une tapisserie beige et réchauffés par des panneaux de chêne clair commandés par Michel Barnier, seul occupant à avoir laissé une trace en ces lieux. Aucun politique ne s'attarde au ministère des Affaires européennes. C'est un maroquin que l'on accepte en attendant mieux. Bernard Cazeneuve n'échappera pas à la règle, il partira neuf mois plus tard à Bercy.

Le ministre les invite à entrer et les pousse vers un canapé de cuir noir et ses fauteuils assortis :

— Bonjour Maureen, bonjour monsieur Bachmann. Je vous en prie, asseyez-vous.

Pas de témoin de la scène. Juste eux trois autour d'une table basse en verre, et les pots remplis de stylos plume alignés en rang d'oignons. Le ministre commence.

— Vous savez que le secrétaire général du Quai d'Orsay siège au conseil de surveillance d'Areva et au conseil d'administration d'EDF. Vous m'aviez fait part de vos inquiétudes à propos des négociations secrètes entre EDF et CGNPC. Vous craigniez qu'elles ne se poursuivent. Eh bien, vous aviez raison, il se trame quelque chose avec la Chine. Je pense que c'est très grave. Très mauvais pour Areva. Il y aurait eu d'autres accords après celui de 2010. Je ne les ai pas vus, mais je sais qu'ils existent. EDF serait en train de préparer un réacteur de moyenne puissance qui sera concurrent de celui qu'Areva a développé avec les Japonais de Mitsubishi Heavy Industries. Il faut vous renseigner, savoir ce que ce ou ces contrats contiennent. Interrogez votre président, Luc Oursel. Allez voir Arnaud Montebourg à Bercy. Il faut savoir ce qui se prépare. Il faut voir ces fameux contrats.

L'entretien dure à peine une demi-heure. Quand Maureen et Jean-Pierre se retrouvent dans la rue, le ciel est toujours menaçant. Ils rient nerveusement en découvrant une contravention sur le pare-brise de la voiture de location. Elle s'assoit du côté passager, lui derrière le volant. Elle sait déjà qu'elle va se battre, demander des comptes, ferrailler avec sa direction et le gouvernement, elle n'a pas le choix. Et pourtant, elle s'interroge :

— Jean-Pierre, tu crois que j'ai raison de toujours faire confiance aux gens, de vouloir me battre pour eux ?

Jean-Pierre sourit et tourne la clé dans le contact.

— Mais oui Maureen, tu as raison, tu fais ce qu'il faut, on compte sur toi.

2

Maureen Kearney ne traîne pas. Tout juste rentrée à son bureau, à la SGN, elle laisse un message à Arnaud Montebourg :

— Besoin de vous voir, urgent.

Lui aussi figure en bonne place dans son carnet d'adresses. Il a sillonné la Saône-et-Loire pendant quinze ans. D'abord député, puis président du conseil général de ce département qui abrite trois sites d'Areva : Le Creusot, Saint-Marcel et Chalon. Lui aussi vient d'entrer au gouvernement. Mais à l'inverse de Bernard Cazeneuve, il n'appartient pas à la garde rapprochée de François Hollande. Au contraire, il était son adversaire à la primaire socialiste où il a terminé, à la surprise générale, en troisième position. Rallié de la première heure, Arnaud Montebourg estime que François Hollande lui doit une partie de son élection.

Pour autant, le nouveau président de la République ne lui accorde pas sa confiance. Comment oublier cette saillie blessante de 2007 ? Arnaud Montebourg, soutien de Ségolène Royal, avait déclaré :

— Le seul défaut de Ségolène Royal, c'est son compagnon…

François Hollande a donné à Arnaud Montebourg le maroquin de l'Industrie qu'il réclamait, mais sans les honneurs. Dans les allées du pouvoir, chaque détail compte. À Bercy, les équipes d'Arnaud Montebourg se sont vu attribuer le troisième étage. Deux étages en dessous de celles de Jérôme Cahuzac (ministre délégué au Budget) et trois étages en dessous de celles de Pierre Moscovici (ministre de l'Économie et des Finances), le chouchou, fidèle du chef de l'État. Piqué, Arnaud Montebourg entend bien transformer son passage à Bercy en tremplin pour la prochaine présidentielle.

Parti sabre au clair, le Don Quichotte de l'Industrie a rebaptisé son domaine le « ministère du Redressement productif ». Le nom est un peu emphatique, mais cela lui ressemble. Avocat de formation, Arnaud Montebourg n'est jamais avare d'un effet de manche, même quand il ne porte pas la robe. Depuis ses débuts en politique, il a lutté contre les paradis fiscaux et les pratiques douteuses des tribunaux de commerce. Manœuvré (en vain) pour envoyer Jacques Chirac devant la Haute Cour de justice et fonder plusieurs courants au Parti socialiste, sans jamais parvenir à en fédérer aucun. Courageux et solitaire, c'est un homme de coups qui se lasse vite. Imprévisible.

Le soir, à la nuit tombée, quand les lumières de Bercy s'éteignent une à une et que seuls les proches conseillers restent, le ministre pose sa veste, met la musique à fond et se défoule en hurlant à pleins poumons des chansons de variétés. Joe Dassin et Claude François. La plupart de ses collègues du gouvernement le prennent pour un rigolo ou un fou, alors que c'est un gros bosseur. « Il connaît bien ses dossiers », reconnaît le patronat. Mais des déclarations à l'emporte-pièce brouillent son image :

— Ici c'est opération Jivaro tous les jours. Les Indiens réduisaient les têtes. Moi, ce sont les plans sociaux, déclare-t-il quelques jours après sa nomination.

Arnaud Montebourg croit qu'il lui suffira de froncer les sourcils et de hausser le ton pour que les patrons arrêtent leurs licenciements. L'avenir se chargera de le détromper.

Normalement, le nucléaire n'entre pas dans ses attributions. Ce secteur aurait dû être rattaché au ministère de l'Écologie, du Développement durable et de l'Énergie. Mais Delphine Batho ne s'intéresse qu'aux sujets de sûreté et lui a bien volontiers abandonné le dossier Areva.

Le secrétariat d'Arnaud Montebourg n'a pas tardé à rappeler Maureen Kearney :

— Nous pouvons vous proposer un rendez-vous avec le ministre le 13 juillet à midi. Cela vous convient-il ?

C'est Arnaud Montebourg en personne qui reçoit la syndicaliste. Elle est traitée avec la même importance que les P-DG d'Alstom, de GDF Suez ou de la RATP, entendus la veille. Arnaud Montebourg connaît son influence chez Areva, son style « à l'anglo-saxonne » : pas seulement focalisé sur les enjeux sociaux, mais s'intéressant à toute la stratégie de l'entreprise.

À midi pile, Maureen Kearney, accompagnée d'une jeune élue de la CFDT (Jean-Pierre est déjà parti en vacances), se présente à l'accueil du ministère de l'Économie. Inauguré en 1989, cet ensemble de bâtiments doit son nom à son adresse, rue de Bercy. Vu de l'extérieur, c'est une citadelle imprenable, conçue comme un château médiéval par ses architectes. Passé l'entrée, Maureen Kearney gravit une volée de marches en marbre et longe une ruelle intérieure parsemée de graviers blancs et protégée, de part et d'autre, par des immeubles élevés. Elle franchit un pont-levis enjambant des sortes de douves et déboule dans la cour d'honneur, où émerge, sur leur gauche, l'hôtel des ministres. Dans le vaste hall, le bois d'érable au sol et le chêne clair aux murs réfléchissent la lumière. Dans la rotonde majestueuse où les visiteurs attendent l'ascenseur, on peut admirer les portraits des ministres qui ont défilé en ces lieux. Pierre Bérégovoy, Édouard Balladur, Dominique Strauss-Kahn, Laurent Fabius, Nicolas Sarkozy, Jean-Louis Borloo. L'ensemble donne une impression de modernité glacée.

Les portes s'ouvrent au troisième étage et un huissier vient chercher Maureen et la jeune syndicaliste. Elles entendent le pas de charge d'Arnaud Montebourg bien avant de le voir débouler, telle une tornade survoltée. Courbé sous le poids des dossiers, le front barré d'une mèche brune, son conseiller en charge des sociétés publiques, Frédérik Rothenburger, arrive juste derrière.

— Alors, Maureen, comment allez-vous ? tonne le ministre.

Pas question d'évoquer la conversation avec Bernard Cazeneuve, quinze jours plus tôt, qui doit rester confidentielle. La syndicaliste entame avec des propos généraux sur la situation d'Areva. Puis entre dans le vif du sujet.

— Les salariés d'Areva sont très inquiets des négociations d'EDF avec la Chine. Vous savez qu'en 2010 EDF avait engagé des négociations qui auraient pu aboutir à favoriser un concurrent chinois à notre détriment. Anne Lauvergeon et le gouvernement de l'époque ont bloqué ce projet. Mais nous avons des informations selon lesquelles, depuis que Nicolas Sarkozy a fait partir Mme Lauvergeon et l'a remplacée par Luc Oursel, les discussions auraient repris. Selon nos sources, EDF voudrait concevoir avec les Chinois un réacteur de moyenne puissance, concurrent de celui sur lequel nous travaillons avec les Japonais de Mitsubishi. Nos ingénieurs craignent le pillage de notre technologie. Nous savons qu'il y a eu, en mars, une réunion à Lyon entre EDF et Areva sur ce projet de réacteur de moyenne puissance. Est-ce que notre direction va être obligée de donner notre technologie à EDF ? En même temps, les commandes d'EPR qu'on nous promet depuis des années ne viennent pas. Il y en a encore dix inscrites dans notre business plan. Alors que les carnets de commandes sont vides. On vient de se faire sortir de l'appel d'offres en Tchéquie, Areva n'était même pas dans la *short list*, cela n'était jamais arrivé. Nous avons les plus grandes inquiétudes.

Quand un ministre entre en fonction, son administration lui prépare une pile de dossiers à ingurgiter en urgence. Sur son bureau en laque noire, Arnaud Montebourg a trouvé des pavés brûlants aux noms de

Florange, Petroplus, Goodyear. Le nucléaire constitue un sujet important, mais ne figure pas, pour le moment, au sommet de ses priorités.

— Écoutez, Maureen, nous n'ignorons pas qu'Areva rencontre de graves difficultés financières. Le chantier de construction du premier EPR, en Finlande, a pris énormément de retard. Les clients, un consortium de papetiers qui réclament cette électricité pour leur production, nous donnent du fil à retordre. Pour moi, la priorité c'est qu'Areva arrive à boucler cette opération qui a déjà coûté 2,6 milliards d'euros en pénalités de retard. Il y a aussi le rachat des mines africaines de la société Uramin, pour 1,8 milliard d'euros, qui s'est avéré désastreux. Quant à la catastrophe de Fukushima, elle a arrêté net l'activité nucléaire au Japon et en Allemagne, où Angela Merkel a décidé de manière unilatérale de sortir de l'atome. Il y a, enfin, la question des otages d'Areva, encore retenus par al-Qaida au Niger. Je sais que l'ambiance à l'intérieur de l'entreprise est déplorable et que tout le monde est à couteaux tirés. J'ai découvert, comme vous, dans la presse, qu'un haut cadre de l'entreprise, Sébastien de Montessus, avait commandé à un détective privé, du temps où Mme Lauvergeon était encore en fonction, une enquête la visant, elle et son mari. Vous comprendrez bien, dans ce contexte tendu, que les négociations avec la Chine ne s'inscrivent pas tout en haut des priorités. Mais je mesure votre inquiétude, je comprends votre souci d'éviter les transferts de technologies. De mon point de vue, il ne faut pas avoir peur de ces transferts, tout le monde en consent aux

Chinois, nous n'avons pas le choix si nous voulons signer des contrats. L'important, c'est la maîtrise de ces transferts et les contreparties qu'on obtient. J'ai été informé, à mon arrivée au ministère, de l'existence de négociations, mais je crois qu'on en est aux balbutiements. J'ai prévu de convoquer tout le monde ici. Henri Proglio et Luc Oursel. Je vais les questionner, leur expliquer droit dans les yeux que je suis le seul chef de file du nucléaire français et que rien ne doit se faire sans notre accord. La situation est sous notre contrôle, ne vous inquiétez pas.

Pourquoi cette déclaration martiale n'a-t-elle pas rassuré la syndicaliste ? Est-ce parce qu'Henri Proglio s'était déjà joué des ministres précédents ? Parce que les conseillers de François Fillon lui avaient pareillement juré que tout était sous contrôle alors qu'il n'en était rien ? Parce qu'elle est trop fonceuse ?

Ou qu'Anne Lauvergeon, en qui elle a toute confiance, partage et attise son inquiétude ?

En sortant de Bercy, la syndicaliste n'a qu'une idée en tête : mettre la main sur les fameux contrats.

3

En secret, Maureen Kearney voit toujours Anne Lauvergeon. Cela a commencé en juillet 2011, le mois suivant le départ d'Areva de la reine Anne. La syndicaliste lui a envoyé, à son adresse personnelle, un article de presse, avec quelques lignes manuscrites en anglais :

J'ai reçu des informations alarmantes de la part d'un journaliste. Il a interviewé le numéro 2 d'EDF qui ne cache plus que leurs projets avec la Russie et la Chine pourraient avoir de graves conséquences sur l'avenir d'Areva, économiquement et socialement.

Anne Lauvergeon a aussitôt répondu :

— Venez prendre un thé.

Voilà comment Anne Lauvergeon est devenue l'un des contacts réguliers de Maureen Kearney. Un mois sur deux, la syndicaliste se rend dans le 16e arrondissement, où vit son ancienne patronne. Elles se brûlent avec du thé trop chaud au bistrot d'en bas ou, plus rarement, Maureen Kearney monte au salon et glisse un mot gentil aux deux enfants de la maison, qu'elle connaît depuis toujours : quand ils étaient petits, ils déjeunaient souvent à la cantine d'Areva.

Officiellement, Anne Lauvergeon a « tourné la page », elle est « passée à autre chose », elle est très occupée par d'autres projets. Mais comment le pourrait-elle ? Le jour de son pot de départ, alors que 200 salariés s'étaient donné rendez-vous, un délégué de la CGT est sorti du rang et a saisi le micro :

— Je ne pensais jamais dire ça à un patron. Mais je vous apprécie. Mieux, je vous aime…

Anne Lauvergeon ne se lasse pas de raconter cette anecdote. On n'abandonne pas des salariés qui vous aiment. Certains prétendent avec ironie qu'Areva signifie en vrai : Anne en rêva. Anne se fiche qu'on ironise. Elle en rêve encore.

Après les trombes d'eau de mai, le printemps 2012 a apporté les premiers rayons de soleil du quinquennat Hollande. Je suis alors journaliste au service économie du *Nouvel Obs* et j'ai publié, au début de l'année, l'accord secret EDF/CGNPC négocié deux ans auparavant. Plusieurs sources m'ont affirmé que d'autres accords secrets étaient en préparation. Et, comme Maureen Kearney, je cherche à mettre la main dessus. Je sais que mes concurrents de *La Tribune* et de *L'Expansion* sont aussi sur la piste. Très bien informé, le journaliste de *L'Expansion* Charles Haquet a révélé en septembre 2011 qu'Areva avait été victime, pendant deux ans, d'un piratage informatique en provenance de Chine. Des hackers auraient pris le contrôle à distance d'ordinateurs et volé des secrets industriels. Quelques mois après, c'est une cadre d'Areva qui a été discrètement mise à la porte, car soupçonnée d'espionner pour le compte des Chinois. Le sujet est brûlant ! Espérant qu'Anne Lauvergeon puisse m'éclairer, je l'invite à déjeuner.

Elle porte un chemisier blanc de cotonnade légère et une jupe en cuir couleur caramel. Des clous plats jalonnent le bord des poches. Comme à son habitude, elle affiche ce mélange singulier d'éducation bourgeoise et d'insolence joyeuse qui a tant séduit François Mitterrand. Un verre de vin blanc à la main, elle ne se laissera pas abattre. Elle a commandé un ceviche de poisson et un saumon accompagné d'asperges. Mais elle ne touche à rien, repoussant poisson et légumes sur les bords de l'assiette, comme un enfant qui étale sa purée pour cacher qu'il n'a rien mangé.

Au mois de décembre précédent, elle a créé sa société de conseil, Anne Lauvergeon Partners. Pas encore de bureaux. Pour ses rendez-vous, elle emprunte une salle de réunion à un ami qui dirige un fonds d'investissement, Tikehau Capital, futur employeur de François Fillon. Areva lui paie, pour quelques mois encore, une secrétaire et un chauffeur. Mais après vingt ans d'une vie trépidante, Anne Lauvergeon ne navigue plus dans les allées du pouvoir. Elle est seule et un peu désœuvrée.

Deux mois déjà que François Hollande s'est installé. Et toujours aucun signe, pas la moindre proposition. Elle ronge son frein. Elle aurait été approchée pour entrer au gouvernement, des journalistes politiques l'ont écrit. Elle prétend que non :

— C'est pénible, ces rumeurs, chaque fois qu'un gouvernement se forme, on me voit dedans, me dit-elle.

Cinq ans plus tôt, elle a repoussé l'offre de Nicolas Sarkozy de prendre Bercy, au risque de contrarier le nouveau chef de l'État, qui ne le lui a pas pardonné. Claude Guéant affirme qu'elle convoitait les Affaires étrangères ; elle a toujours démenti.

L'élection de François Hollande, c'est sa chance. Elle a cinquante-deux ans, rêve de retrouver sa place chez Areva. Ou, mieux encore, de piquer celle d'Henri Proglio chez EDF. Depuis des années elle cultive sa stature d'icône de la gauche. Elle ne manquerait pour rien au monde le dîner annuel des Amis de François Mitterrand qui se tient au restaurant La Cagouille (spécialités de poissons et cave à cognac) près de la gare Montparnasse. Le 8 janvier dernier, elle y était encore, a salué Roland Dumas, Robert Badinter et Mazarine Pingeot, et s'est assise à côté de François Hollande. « François », qu'elle a aidé du mieux qu'elle a pu pendant la campagne. Alors que Proglio attaquait l'accord PS-Verts, prétendant qu'un million d'emplois seraient condamnés en cas de sortie de l'atome, elle est montée au créneau :

— Il a fumé la moquette, Proglio ! a-t-elle lancé en marge d'une conférence.

Quelques semaines avant l'élection, elle a publié *La femme qui résiste*, violent réquisitoire contre le pouvoir sarkozyste. Sur 234 pages, elle a éreinté la vision industrielle du rival de « François ». Cette autobiographie aurait pu s'appeler : « Anne contre les méchants à la rescousse d'Areva. » Les méchants ? Un gang de prédateurs qui convoitent le trésor d'Areva. Elle les appelle « la loge P2 », en référence à cette loge maçonnique contrôlée par des affairistes et des politiciens corrompus qui a défrayé la chronique judiciaire en Italie dans les années 1980. Elle accuse la loge P2 d'avoir investi le cœur du pouvoir sarkozyste. Des patrons, des politiques, des hauts fonctionnaires, parmi lesquels elle inclut Henri Proglio. Le jour où Nicolas Sarkozy l'a convoquée pour lui expliquer son non-renouvellement à la tête d'Areva, elle lui a balancé au visage :

— Tu as laissé s'installer un système parallèle, opaque, qui obéit à ses propres règles et qui ne sert pas les intérêts du nucléaire.

Bien sûr, elle le tutoyait. Elle connaissait l'Élysée bien avant qu'il en devienne le locataire. Quand elle a franchi la porte de cet endroit où elle a travaillé pendant cinq ans, qu'elle a grimpé au premier étage, traversé son ancien bureau, noté que les délicates peintures vert d'eau avaient été recouvertes de tonalités vulgaires et découvert le chef de l'État en chemise, manches retroussées et sans veste, elle n'a pas pu s'empêcher de faire la comparaison avec François Mitterrand. Et de l'écrire dans son livre.

Elle ne s'en doute pas, mais ses confidences ont été très mal accueillies par l'appareil d'État, et ont sans doute ruiné ses espoirs de revenir dans la lumière. À gauche comme à droite, son livre a été jugé indécent. On ne brise pas impunément l'omerta. Ruiner des carrières, se lancer des anathèmes, se manipuler, s'espionner, se trahir, se mentir, oui. Mais en parler en public, jamais. Et encore moins le coucher dans un livre, quelle folie ! Quoi ? Raconter par le menu une conversation privée avec le président de la République ? Ses adversaires avaient raison, Anne Lauvergeon est incontrôlable. Quelques années plus tard, elle posera pour la photo officielle d'une petite entreprise minière dont elle est administratrice avec un curieux T-shirt vert glissé dans une jupe classique. Le T-shirt portera le mot CHAOS en lettres capitales. On n'aurait su dire si c'était une forme de devise personnelle ou une menace pour ses adversaires.

Anne Lauvergeon, c'est l'histoire d'une méprise. Ceux qui l'aiment voient en elle une brillante première de la classe. Ceux qui la détestent la traitent de Machiavel en jupons. Il faut voir Alain Minc, le conseiller des entreprises du Cac 40, s'étrangler de fureur quand on évoque son nom :

— Mais qu'est-ce que vous avez tous avec cette femme ???

Le puissant corps des Mines l'a toujours couvée. Quand elle a été propulsée à la tête de la Cogema (gestion de l'uranium) en 1999, et qu'elle l'a fusionnée avec Framatome (conception de réacteurs), afin de créer Areva en 2001, elle qui ne connaissait rien au nucléaire, les dirigeants en place ont dénoncé un parachutage orchestré par la gauche et les Mines. « Aucune légitimité », « elle n'y connaît rien », « une intrigante prête à tout ». Des vieux barbons, des aigris, des grincheux, répliquait la jeune Anne. Sa stratégie pour le nouveau groupe Areva, intégré de l'amont à l'aval, tenait en un mot : Nespresso. Comme le fabricant de machines à café, elle comptait vendre ses centrales à prix coûtant et ses barres d'uranium très cher. Le concept était séduisant. Anne Lauvergeon séduisait beaucoup.

Le pouvoir l'avait transformée. « Une femme n'est jamais ni assez riche ni assez maigre », lui avait dit un jour l'écrivaine Edmonde Charles-Roux. Chez Areva, Anne Lauvergeon s'est affinée, elle a laissé pousser ses cheveux, les a teints en acajou, elle a abandonné les pantalons et les chaussures plates pour des jupes serrées et des talons hauts. Elle a exercé le pouvoir comme elle l'a vu pratiqué à l'Élysée sous Mitterrand : de manière absolue. Ses adversaires, elle les a réduits au silence ou ils sont partis. Elle a lancé une campagne de communication : « Nous n'avons rien à vous cacher. » Finis l'atome secret et le nucléaire honteux. Désormais, le nucléaire français porterait son visage, frais et poupin. Anne Lauvergeon incarnait un capitalisme moderne. Et Maureen Kearney en était le pendant idéal du côté des syndicats. Ouvert, international, engagé.

Vingt ans plus tard, Anne Lauvergeon se souvenait encore de sa première rencontre avec l'Irlandaise. 1999 : elle venait de prendre la tête de la Cogema et sa filiale, la SGN, voulait pousser au départ 200 salariés. Maureen Kearney avait débarqué dans son bureau, seule femme parmi cinq hommes, passionnée, intarissable, avec son accent où les « u » restaient des « ou » et où les mots d'argot se mélangeaient aux autres.

— Madame la présidente, vous ne pouvez *plou* laisser faire la direction de la SGN qui veut faire partir *nos gars*. Ce sont les meilleurs ingénieurs. Vous dites que votre stratégie, c'est la relance *dou noucléaire*. Mais comment fait-on une relance sans ingénieurs ?

Maureen Kearney avait gagné. Seules deux personnes avaient été licenciées. Cinq ans plus tard, la CFDT allait lui proposer de prendre la tête du comité de groupe européen. Une instance réunissant les délégués de toutes les filiales européennes du groupe. Une fois par mois, les deux femmes se retrouvaient face à face lors des séances du comité de groupe européen. Derrière elles, le murmure incessant des interprètes, enfermés dans de petites cabines, qui traduisaient les débats en une dizaine de langues. Le comité de groupe réunissait les représentants de quatorze pays, en comptant la Turquie. Intégrer ou pas ce pays avait occupé la première conversation entre Anne Lauvergeon et Maureen Kearney.

— Je suis contre l'ostracisation de la Turquie, avait déclaré Anne Lauvergeon. Il faut que notre filiale turque soit représentée au comité de groupe.

— Je partage votre avis, madame la présidente, mais la situation avec la Turquie est bizarre. Il n'y a pas d'élections professionnelles là-bas. La dernière fois, on nous a envoyé un militaire pour parler au nom des salariés.

— Eh bien, il faut que vous y alliez, avec quelqu'un de la direction des ressources humaines, et que vous supervisiez la tenue d'élections.

En 2005, la syndicaliste s'envole pour Istanbul. L'usine, qui fabrique des câbles électriques, se situe à Gebze, à 45 kilomètres de la capitale. Les élections rencontrent un grand succès auprès des 2 000 salariés.

Sur place, Maureen Kearney constate qu'ils viennent travailler même quand ils sont malades : en l'absence de sécurité sociale, impossible de se priver de journées de salaire. De retour à Paris, Maureen Kearney suggère au comité de groupe la possibilité qu'Areva crée une assurance sociale pour les salariés qui n'en ont pas. Le projet sera accepté par la direction.

L'année suivante, Maureen Kearney a initié un vaste programme interne pour lutter contre les discriminations envers les handicapés et les femmes. Porté par le comité de groupe européen, le projet emporte à Bruxelles une subvention de 180 000 euros. Avec cet argent, chaque filiale a pour mission d'organiser des séminaires et des conférences afin de sensibiliser les cadres et le personnel à la réduction des inégalités. Ils se voient fixer des objectifs chiffrés : augmenter le nombre de salariés femmes et handicapés, promouvoir davantage de femmes aux postes à responsabilité. Anne Lauvergeon, membre de plusieurs réseaux féminins d'influence, appuie personnellement l'initiative. Elle écrit un mot à tous ses dirigeants : *Je compte sur vous pour assurer le succès à long terme de ce projet.*

Deux ans plus tard, Maureen Kearney se rend, toujours en compagnie d'un représentant de la direction des ressources humaines, dans une filiale en Hongrie où un conflit dur oppose la direction aux syndicats. Ces derniers exigent des conditions dignes pour une trentaine d'ouvrières qui doivent être licenciées. La direction ne veut pas en entendre parler. Dans son taxi de retour, n'ayant pas obtenu davantage de concessions que les syndicalistes locaux, Maureen Kearney arrête son regard sur des prostituées le long de la route. Le soir même, elle écrit un mail à Anne Lauvergeon.

Madame la présidente, les femmes que le groupe Areva emploie en Hongrie ne savent ni lire ni écrire. Sans formation, elles pourraient se retrouver dans la situation désespérée de ces prostituées que j'ai vues au bord du chemin. Cela ne serait pas digne du groupe Areva.

Areva paiera une formation aux ouvrières. Désormais, la présidente et la syndicaliste échangent souvent par mail ou en tête à tête. Maureen s'entend très bien avec la secrétaire d'Anne Lauvergeon, Annie, au caractère aussi lumineux que sa chevelure dorée :

— Il faudrait que je lui parle d'un sujet. Il y a un trou dans son emploi du temps ?

Parfois, c'est Anne Lauvergeon qui laisse un message sur le portable de Maureen :

— Vous auriez cinq minutes ? Je voudrais vous parler de quelque chose.

Le visage des cadres en costume gris qui patientent dans l'antichambre de la reine s'allonge quand la syndicaliste leur passe devant.

Au cinquième étage du siège du groupe, un magnifique immeuble de style Art déco, agrémenté d'une verrière somptueuse dans le hall, Anne Lauvergeon a fait décorer son bureau dans un esprit zen et japonisant. De sa table de travail, à droite en entrant, elle dispose d'une vue à couper le souffle sur les toits de Paris et la basilique du Sacré-Cœur. Sur la gauche, de profonds canapés invitent à se délasser en observant les plantes du balcon onduler sous le vent. Il arrive souvent que Maureen Kearney vienne prendre le petit déjeuner le samedi matin. Café, thé, croissants, orange pressée. Elle trouve normal de travailler le week-end. Depuis qu'elle a pris ses fonctions au comité de groupe européen, elle compense sa méconnaissance du nucléaire par une intense activité. Levée dès 5 heures du matin, elle débute sa journée par la lecture des dizaines de mails reçus la veille et enchaîne avec les journaux et les dossiers. Elle voyage énormément. Tout semble réussir à Anne Lauvergeon et à Maureen Kearney.

Les difficultés sont arrivées avec la nomination d'Henri Proglio à la tête d'EDF. À soixante ans tout juste, ce patron discret ne sort pas de Polytechnique ni de l'ENA, ne se montre guère dans les cercles patronaux. Il est un pur produit de la méritocratie républicaine. Ses arrière-grands-parents, originaires du Piémont, ont traversé les Alpes à la fin du XIXe siècle et ses parents ont longtemps tenu un commerce de fruits et légumes à Antibes. Bon élève, gros travailleur, il fut envoyé, avec son jumeau, René, au prestigieux lycée Masséna de Nice en pensionnat. Le père les avait inscrits au concours d'HEC sur les conseils d'un voisin d'immeuble.

— C'est la meilleure école, avait affirmé ce dernier.

Va pour HEC. En sortant, Henri Proglio est entré à la Compagnie générale des eaux – devenue par la suite Veolia – et n'avait jamais laissé paraître, depuis, d'autres ambitions que d'y terminer sa carrière.

Personne ne l'a vu arriver. Pas plus Anne Lauvergeon que ses alliés Gérard Mestrallet, le florentin patron de Suez (rival de Veolia), tout en sourire et en non-dits, et Christophe de Margerie, le rabelaisien P-DG de Total, tonitruant et bon vivant.

Le plus grand mystère a plané sur les tractations autour de sa nomination. Un dimanche de l'hiver 2009, Henri Proglio est devenu le patron d'EDF en même temps que le président non exécutif de Veolia. En tout, 500 000 personnes sous les ordres d'un seul homme, qui exigeait de cumuler les deux salaires (le scandale médiatique l'obligea à abandonner celui de Veolia). En une soirée, cet inconnu du grand public était devenu le patron le plus puissant de France. Un coup de maître.

Les plus anciens racontent que l'origine de la haine immarcescible entre EDF et Areva remonte… à l'après-guerre, au début du programme nucléaire français. EDF était alors, sans conteste, le chef de file de l'atome tricolore, et Framatome, son fournisseur de chaudières, pas davantage. Mais quand le programme français a pris fin, le P-DG d'EDF de l'époque, Pierre Gadonneix, prédécesseur d'Henri Proglio, a préféré se lancer dans une politique d'acquisitions dispendieuses à l'étranger. Anne Lauvergeon était bien la seule, alors, à croire à l'avenir de l'atome. Elle a développé une nouvelle génération de réacteurs, plus sûrs – l'EPR, très puissant, et l'Atmea, plus petit, en partenariat avec le japonais

Mitsubishi Heavy Industries, filiale du conglomérat qui fabrique les voitures. Sa stratégie « Nespresso » consistait à vendre ses centrales nucléaires clés en main à des pays comme l'Afrique du Sud, la Turquie ou la Jordanie. Voilà dix ans durant lesquels Areva avait investi des milliards d'euros pour se moderniser, se diversifier et se transformer en une pépite convoitée.

Anne Lauvergeon n'a pas attendu qu'Henri Proglio prenne ses fonctions pour l'inviter à petit-déjeuner dans ses bureaux. Elle sait l'effet provoqué par la mosaïque bleue de la verrière, la moquette épaisse, la décoration somptueuse… Tout respire le luxe et l'assurance chez Areva. Anne Lauvergeon a préparé un brillant exposé sur les grands enjeux énergétiques du futur. Elle lui dépeint l'avenir radieux du nucléaire où Areva compte bien prendre toute la place. Elle a tout prévu, tout planifié. Elle ne laissera personne lui voler le marché mondial de la construction de centrales. La presse anglo-saxonne ne l'a-t-elle pas surnommée Atomic Anne ? D'ailleurs, Henri Proglio va avoir d'autres priorités et devoir s'occuper de ses filiales qui perdent beaucoup d'argent en Amérique du Sud, en Angleterre, aux États-Unis et en Italie.

Henri Proglio n'a pas touché à son assiette de viennoiseries. Il a écouté Anne Lauvergeon en silence, puis a lâché, prudent :

— Je vais voir cela quand je serai chez EDF. Je verrai les dossiers à ce moment-là.

Dans la semaine qui suit, Henri Proglio donne une grande interview dans le quotidien économique

Les Échos. Il abat son jeu. Sa vision du secteur est à l'opposé de celle d'Anne Lauvergeon.

— Il faut repenser toute la filière nucléaire française et revoir le rôle d'Areva. Fusionner Framatome et la Cogema était probablement une erreur. Historiquement, Framatome, le concepteur des réacteurs, était un sous-traitant d'EDF. Il serait préférable qu'il le redevienne.

En clair, Henri Proglio suggère de démanteler Areva. De revenir à la situation antérieure. Tout ce à quoi Atomic Anne a œuvré les dix dernières années, rayé de la carte. Et ce Janus va jusqu'à revendiquer SA place de capitaine de l'équipe de France du nucléaire !

Après cette déclaration de guerre, le gouvernement porte un deuxième coup à Areva. Nicolas Sarkozy a décidé de prendre sa filiale Areva Transmission & Distribution (câbles, transformateurs, interrupteurs), très rentable, pour la vendre à bas prix à Alstom, en grande difficulté financière. Il prévoit d'amputer Areva d'un tiers de ses bénéfices et de son chiffre d'affaires, et de 30 000 salariés.

En cette année 2010, Anne Lauvergeon a un genou à terre. Pas un mois ne se passe sans qu'une rumeur naisse dans Paris sur son prochain renvoi. Elle est sous pression, elle se sent surveillée, écoutée. Le jour où elle partage ses inquiétudes avec Maureen Kearney, elle l'entraîne sur le balcon du cinquième étage. Par peur des micros. Étrange ambiance. Face à la butte Montmartre, la présidente laisse exploser sa rage :

— Vendre T & D est une décision destinée à nous tuer. En plus, on me demande de le vendre à Alstom à la moitié de sa valeur. Tout ça parce que Patrick Kron, le patron d'Alstom, est un ami de Sarkozy. Mais je vais me battre. Je vais faire grimper les enchères, je vais faire venir d'autres acquéreurs potentiels. Pas question de se laisser faire.

Prête à se battre pour que les salariés de T & D restent chez Areva, Maureen Kearney propose au bureau du comité de groupe européen (une demi-douzaine de délégués qui prennent les décisions au quotidien entre deux séances plénières) de convoquer la presse au célèbre Fouquet's, là où, trois ans plus tôt, Nicolas Sarkozy a célébré sa victoire. Ce soir-là, Henri Proglio trinquait avec Patrick Kron. La République des copains. L'allusion est transparente. Quand elle apprend où ses syndicalistes vont tenir la conférence de presse, Anne Lauvergeon part d'un grand éclat de rire. Maureen Kearney a un don certain pour l'agit-prop !

La bataille s'intensifie. Au nom du comité de groupe européen, la syndicaliste écrit quantité de courriers, organise d'autres conférences de presse (quatre en tout), interpelle les politiques. Elle se rapproche de Bernard Cazeneuve et d'Arnaud Montebourg. Avec le premier, elle organise un colloque à l'Assemblée réunissant une centaine de salariés venus de toute l'Europe. Le second lui souffle l'idée de saisir le Conseil d'État au motif que la mise en vente d'Areva T & D ne respecterait pas les règles de concurrence.

Peine perdue. Areva est contraint de vendre T & D. Le comité de groupe européen a quand même obtenu des conditions sociales avantageuses pour les

30 000 salariés qui quittent Areva. Mais, par la suite, tout va de mal en pis. Le groupe semble un château de cartes sur le point de s'écrouler. Le chantier de construction du premier EPR en Finlande est un désastre. Le cours de l'uranium s'est écroulé. La catastrophe de Fukushima a tétanisé l'industrie du nucléaire. Que va-t-il advenir si Areva, déjà affaibli, se retrouve concurrencé par un groupe chinois qui a le soutien d'EDF ?

À l'été 2012, Maureen loue, avec son mari Gilles, une grande maison dans le Sud-Ouest, à Figeac. Ils attendent des amis. Véronique doit passer. Le téléphone n'arrête pas de sonner. L'inquiétude règne chez Areva. À Jean-Pierre, Maureen raconte sa dernière conversation avec Anne Lauvergeon :

— Elle pense qu'EDF continue de négocier en solo avec CGNPC et va obliger Luc Oursel à accepter ses conditions. Elle dit qu'Oursel s'est couché devant EDF, qu'il est prêt à coopérer, quitte à céder une partie de notre technologie, parce qu'il veut réconcilier Areva avec EDF. Selon elle, Proglio va tordre le bras à Oursel qui a besoin d'EDF, mais il n'aura que des miettes. On risque de se faire avoir, de se faire piller notre technologie.

Entre deux discussions au téléphone, Maureen profite de la douceur des soirées dans le Lot avec Gilles, Véronique et une dizaine d'amis qui vont et viennent cet été-là. Aucun ne se doute qu'ils vivent leur dernier été d'insouciance.

4

À la rentrée 2012, Maureen Kearney réunit le bureau du comité de groupe européen et communique les informations collectées avant l'été : les alarmes de Bernard Cazeneuve, la réunion pas très rassurante avec Arnaud Montebourg. Elle évoque également des échanges qu'elle a eus avec des ingénieurs qui travaillent sur le projet de réacteur de moyenne puissance d'Areva, l'Atmea, développé avec les Japonais de Mitsubishi. En août, certains de ces ingénieurs se sont rendus à un salon du nucléaire à Pékin et ont découvert une brochure commerciale de CGNPC pour un réacteur de moyenne puissance qui ressemblait comme un jumeau à l'Atmea. Même la mise en pages du document commercial était une copie conforme de celui de l'Atmea, à la seule différence que la couleur rouge avait été remplacée par un fond bleu. Mais, pour le reste, un pur plagiat ! On aurait dit que le transfert de technologies était déjà en route. Que cela pouvait-il signifier ? Luc Oursel aurait-il pu donner le feu vert à une telle spoliation ? Autour de la table, les spéculations vont bon train. Maureen Kearney prend la parole :

— Je propose qu'on interpelle Luc Oursel pour savoir ce qui se trame et qu'on écrive aux parlementaires.

Le bureau donne son accord. Les lettres partent le 21 septembre. Il y a en 600. Elles sont longues (une page recto-verso), accompagnées de plusieurs articles de presse et toutes signées de Maureen Kearney et de Jacky Masdebail, membre CGT du bureau qui a été désigné pour épauler la secrétaire sur le dossier franco-chinois. Le ton est alarmiste :

Monsieur le Député,

Cela fait plus d'un an que le comité de groupe européen d'Areva, qui représente 35 000 salariés, alerte nos politiques nationaux sur le partenariat EDF/CGNPC et les conséquences sur les pertes de compétences, de savoir-faire, de brevets et d'emplois pour Areva. On entend dire qu'EDF aurait continué à travailler avec CGNPC pour concurrencer Areva. Il y aurait même des équipes sur place. ***Comment l'État, actionnaire principal des deux groupes, a pu laisser faire cela ? C'est irresponsable ! Que va penser l'opinion publique ?*** *N'oublions pas qu'Areva est l'un des derniers grands fleurons industriels de la France.*

Nous sollicitons un rendez-vous d'urgence avec vous pour évoquer l'épreuve dans laquelle nous nous trouvons aujourd'hui.

Dans la minute qui suit la réception de ces courriers, le P-DG d'EDF est au courant. Henri Proglio a passé sa vie à étendre son réseau politique. On ne compte plus ses relais au Parlement. Le président de l'Assemblée lui-même, le socialiste Claude Bartolone, est un fidèle. Le Premier ministre, Jean-Marc Ayrault, ancien maire de Nantes et ancien chef des députés socialistes, le soutient.

Rendre des services. Renvoyer l'ascenseur. Épaissir son carnet d'adresses. Telle une éponge, Henri Proglio a appris les ficelles du métier auprès de l'ancien P-DG de la Générale des eaux, Guy Dejouany. Traiter les élus avec plus ou moins de déférence en fonction de leur poids politique ; proposer un emploi ou un stage au fils, à la fille, à la maîtresse ou à la femme ; ne jamais dire non. Quand Jacques Chirac convoqua Henri Proglio à la mairie de Paris pour évoquer les difficultés financières d'une petite menuiserie de Corrèze, le jeune cadre promit de trouver une solution. La Générale des eaux ne vendait pas de bois… Et alors ? Premier arrivé, dernier parti, samedi inclus, Henri Proglio connaît les petits et les grands secrets de chaque maire de France, de chaque président de conseil général, de chaque député, de chaque sénateur.

Henri Proglio est réputé pour ses fureurs mémorables. Et il a toutes les raisons d'être furieux contre Maureen Kearney. Furieux de son opposition ouverte à ses projets avec les Chinois. Furieux de son activisme politique. Furieux des relations qu'elle entretient avec nombre de journalistes et avec Anne Lauvergeon. Le P-DG d'EDF hait l'ancienne patronne d'Areva, méprise les journalistes et ne supporte pas qu'on lui résiste.

Un an plus tôt, la direction d'EDF a fait rayer le nom de Maureen Kearney de la liste des invités dressée par son comité d'entreprise européen qui fêtait ses dix ans. C'est Marc Ferron, l'homologue de Maureen Kearney chez EDF, délégué CFDT et secrétaire du comité d'entreprise européen, qui l'a prévenue :

— Maureen, je suis désolé, mais tu ne peux pas venir à la soirée. On me dit qu'Henri Proglio ne veut pas te voir.

La syndicaliste a fait livrer dix roses blanches à l'endroit de la soirée.

Politiquement, le moment est critique pour le P-DG d'EDF. Il est dans le collimateur des socialistes depuis ses déclarations hostiles au programme de gouvernement PS-Verts. Pendant la campagne, François Hollande n'a cessé de répéter :

— Henri Proglio ne pourra pas rester à la tête d'EDF. On ne peut avoir un opposant politique à la tête d'une entreprise publique.

Tout le monde sait qu'il a été un chiraquien fidèle et un sarkozyste converti. Le 28 septembre 2012 doit se tenir le premier conseil de politique nucléaire du quinquennat Hollande. Cette réunion doit déterminer les grandes lignes de la politique nucléaire de la France pour les cinq ans à venir. Le sort du P-DG d'EDF a été évoqué dans les réunions interministérielles préparatoires. Il ne peut laisser les agitations du comité de groupe européen d'Areva et de sa secrétaire, cette Irlandaise, fragiliser sa position.

En secret, la direction d'EDF a appelé la hiérarchie de Maureen Kearney à la CFDT pour qu'elle se calme.

— Il est temps que cette Maureen Kearney cesse ses agissements.

Avenue de Wagram, dans l'immeuble gris et froid qui abrite le siège d'EDF, on accède au neuvième étage par un ascenseur privé dont des vigiles à oreillette gardent l'entrée. La moquette crème des couloirs chatouille les chevilles et assourdit les conversations. C'est l'étage de la présidence. Le bureau d'Henri Proglio ressemble à un cube vide et glacial. Il faut lever la tête pour apercevoir la reproduction de la célèbre frise de la Fée électricité, peinte par Raoul Dufy, qui se perd dans les limbes du plafond. Seul objet qui égaie ces 150 mètres carrés : un costume grandeur nature de chef apache et sa coiffe de plumes, cadeau des salariés de Veolia pour son départ.

En cette année 2012, j'ai interviewé le patron d'EDF à deux reprises. Il a des yeux noirs enfoncés, le regard cerné, un profil d'aigle. De petite taille, il paraît presque frêle au milieu de ce décor écrasant. Il semble compenser cette fragilité physique – sur les photos officielles, Anne Lauvergeon le dépasse d'une tête – par un langage fleuri à la Audiard. Pendant les entretiens, il en rajoute dans le côté « Tonton flingueur » :

— Mes rapports avec Lauvergeon ? J'assume d'être un tueur. Ça me paraît naturel qu'EDF soit le chef de file du nucléaire français. C'est son rôle historique. Il a suffi qu'elle s'en aille pour que tout s'arrange. De toute manière, je m'en tape de ce que les gens disent de moi, je les emmerde. J'ai refusé d'être au Club des 100, ça fait six ans que je suis inscrit au Siècle et que je n'y vais jamais, j'aime pas la bouffe. La France a besoin de partenariats pour rester un acteur majeur à l'étranger. On fera des réacteurs franco-chinois. Mais on fera aussi des réacteurs franco-russes. Et Areva dans tout ça ? C'est un fournisseur parmi d'autres.

En septembre, je comprends que Maureen Kearney avait raison. Henri Proglio a bien poursuivi ses négociations avec les Chinois. Il existe un deuxième accord secret entre EDF et CGNPC. Je le publie, le 27 septembre, dans *Le Nouvel Obs*, sous le titre : « EDF-Chine, liaisons dangereuses. » Cet « accord-cadre » prolonge et amplifie le premier protocole de 2010. Il s'agit toujours de soutenir le développement d'une filière nucléaire chinoise, en lui transmettant notamment toutes les informations relatives au fonctionnement des centrales françaises, y compris « dans le domaine des logiciels informations classifiés », les plus secrets.

Mais, entre 2010 et 2011, les exigences de CGNPC se sont durcies. Cette fois, le groupe chinois veut qu'EDF l'aide à concevoir un réacteur de moyenne puissance (1 000 mégawatts) répondant aux critères les plus pointus de sûreté nucléaire. Réacteur que les deux alliés se promettent de vendre ensuite dans le monde entier. Il serait alors un concurrent potentiel pour l'Atmea développé par Areva. Cette fois, l'accord

EDF-CGNPC s'attaque au cœur d'Areva, la technologie des réacteurs nucléaires. Pour les experts que j'interroge, EDF semble avoir joué double jeu. Loin de respecter les intérêts d'Areva, l'électricien a continué à faire cavalier seul avec les Chinois et semble prêt à transférer une technologie qui ne lui appartient pas ! Sachant le sujet sensible, Henri Proglio paraît avoir voulu profiter du flou au plus haut niveau de l'État, à la veille des élections présidentielles, pour faire signer ce document par son conseil en avril 2012. Tentative vaine, une fois encore. Prévenu par des membres du conseil d'administration, Bercy l'a bloqué.

— Je ne sais pas quel est le zozo qui a négocié ça, mais j'ai refusé de l'entériner, confie un administrateur.

Quelques jours après la publication du *Nouvel Obs*, *Le Canard enchaîné* cite une note secrète du numéro 2 de l'Agence des participations de l'État, Olivier Bourges, adressée au ministre de l'Économie, François Baroin. Elle se termine par ces mots sans appel :

EDF organise un partage de connaissances très large et fondamentalement déséquilibré au bénéfice de CGNPC et de ses fournisseurs. Sur la forme, le comportement de la direction d'EDF n'est pas acceptable.

La colère d'Henri Proglio s'abat sur mon journal. Ce P-DG ne conçoit les relations avec les journalistes que dans le rapport de forces. Ses attachées de presse ont des pratiques inhabituelles par leur brutalité. Le journaliste est l'ennemi. Après la publication de l'article sur l'accord secret avec les Chinois, Henri Proglio appelle mon directeur de la rédaction, Laurent Joffrin, pour contester mes compétences. C'est une tempête sans précédent, comme on en voit rarement dans la presse. Mon journal n'est pas le seul dans ce cas : les journalistes de *L'Expansion*, de *La Tribune*, des *Échos* sont aussi dans le collimateur pour leurs écrits jugés trop critiques.

Des mois plus tard, des journalistes du *Point* écriront qu'à cette époque j'ai fait l'objet d'une « surveillance serrée » de la part des services secrets. Ma direction a demandé des comptes au ministre de l'Intérieur, Manuel Valls, qui a démenti.

— Mais si je vous dis que ce n'était pas nous, cela ne veut pas dire qu'il n'y a rien eu.

— Qui alors ? a-t-on demandé.

— Ce sont les officines de Proglio.

Nous sommes remontés jusqu'à la DCRI (la Direction centrale du renseignement intérieur), qui a juré n'y être pour rien.

Les « officines de Proglio » m'avaient-elles placée sous surveillance ? Proglio avait-il eu le bras assez long pour demander à certains agents de la DCRI de m'avoir à l'œil ? Je n'ai jamais pu vérifier cette affirmation déconcertante visant une figure reconnue et respectée du patronat français. Pourtant, Henri Proglio est aussi réputé pour son comportement frisant parfois la paranoïa. Il a effectué son service militaire au 2e Bureau, les services de renseignements de l'armée française. Ses proches disent que c'est de là qu'est venu son goût pour le secret et les intrigues. Il n'y a pas une ligne sur lui dans le Who's Who français

– ce bottin mondain où tout acteur de la politique ou des affaires se flatte d'apparaître – et seulement un petit paragraphe dans une édition internationale. Chez EDF, il rémunère une cohorte de demi-sel, anciens journalistes, détectives privés, barbouzes de tout poil, chargés de l'informer sur tout ce qui se dit de lui dans Paris. Les cadres s'étonnent de croiser, à l'étage présidentiel, des inconnus à la mine patibulaire. À EDF, on parle du cabinet noir du patron. Fait exceptionnel, le directeur de la sécurité, Jorge Mora, un ancien judoka qui le suit depuis Veolia, occupe un bureau à côté de celui du P-DG. Conséquence de cette ambiance délétère, les dirigeants n'osent plus parler aux journalistes. Ou alors, exigent qu'on enlève les batteries des téléphones portables, par peur des écoutes. Certains affirment que leur messagerie est siphonnée la nuit. Ils se sentent espionnés.

Quel n'est pas, par ailleurs, leur étonnement d'entendre parler, dans certaines réunions, d'un mystérieux « Alexandre ». « Il faut en parler à Alexandre. » Ils découvrent vite qui se cache derrière ce prénom. Alexandre Djouhri. Voilà dix ans que cet homme, inconnu du grand public, protège en secret la carrière d'Henri Proglio. Cela a démarré en 2002 quand Jean-Marie Messier, patron de Vivendi, a voulu se séparer de celui qui dirigeait alors sa branche Environnement. Alexandre Djouhri est intervenu auprès de Dominique de Villepin, secrétaire général de l'Élysée. Il lui a envoyé un fax depuis le Ritz, le palace où il avait son rond de serviette :

Le 7 février 2002

Cher Dominique,

Pour faire suite aux propos de notre dernier déjeuner, je te confirme que Jean-Marie Messier a l'intention de démettre Henri Proglio de la présidence de Vivendi Environnement dès ce week-end… Je n'ai pas besoin de te rappeler qu'Henri est un authentique et expérimenté « soldat » de nos convictions ainsi qu'un fidèle entre les fidèles du chef de l'État, de surcroît d'une extrême compétence en son domaine (trente ans d'ancienneté…). Il serait du plus mauvais effet que Messier obtienne sa tête : les conséquences en termes d'image seraient désastreuses pour notre camp, et fort malvenues.

Jean-Marie Messier fut averti que licencier Henri Proglio serait perçu comme une agression envers le président de la République, Jacques Chirac, et fit machine arrière. Il fut congédié cinq mois plus tard.

Depuis cet épisode, Alexandre Djouhri affectait, en public, une attitude condescendante envers Henri Proglio et se présentait comme son « général », et lui, le « petit soldat ». Son destin fascine et a inspiré un livre à Pierre Péan, *La République des mallettes*. Il y raconte la saga d'une petite frappe de Seine-Saint-Denis, né Ahmed Djouhri le 16 février 1959 à Saint-Denis, cheveux longs et grande gueule, qui se met en affaires avec Anthony Delon, le fils de la star, et réchappe de peu à une fusillade en plein Paris un soir du printemps 1986. Djouhri est découvert, gisant et gémissant, dans les allées de l'hôpital Saint-Louis du 10e arrondissement de Paris, portant dans le dos un orifice de plusieurs centimètres de diamètre. Une « balle de plomb cuivrée de gros calibre » est entrée et n'est pas ressortie.

Le lendemain, les policiers l'interrogent.

— Étiez-vous motorisé lorsque vous avez quitté l'atelier de la rue Bichat où vous dites travailler ?

— Vous savez très bien que nous étions en voiture, pourquoi vous me posez cette question idiote ? Laissez-moi tranquille.

— Vous venez de dire « nous étions en voiture ». Qui vous accompagnait ?

— Je ne veux pas vous répondre. Je parlerai chez le juge en présence de mon avocat. Je n'ai rien d'autre à déclarer.

Dans les années 2000, le nom de Djouhri apparaît en filigrane de l'affaire Elf, dans les milieux corses des Hauts-de-Seine, au cœur des réseaux Pasqua et auprès de plusieurs chefs d'État africains. Il s'impose comme un intermédiaire incontournable pour tous les grands contrats français conclus avec des pays étrangers. Il est censé faciliter la signature de contrats par les entreprises françaises et est suspecté de toucher, en retour, une commission. Cette profession d'intermédiaire a longtemps été parfaitement légale. Les entreprises n'avaient qu'à déclarer leur rémunération à Bercy et elles bénéficiaient même d'une déduction fiscale ! Mais des abus et des soupçons de rétro-commissions ont durci les lois. Depuis 2000, une convention de l'OCDE sur la lutte contre la corruption, ratifiée par la France, réglemente l'usage des intermédiaires. De ce fait, celui qui se fait désormais appeler « Alexandre Djouhri » ou « monsieur Alexandre » a toujours réfuté la qualification d'intermédiaire. Il se présente en « homme d'affaires ».

Au milieu des années 2000, une légende se construit autour de son nom. Légende qu'il nourrit lui-même. Dans un rapport inédit de l'ADIT, la Société nationale d'intelligence stratégique, datant de 2005, on peut lire :

Homme d'affaires confirmé, Alexandre Djouhri compterait parmi les « Messieurs Afrique » les plus discrets. M. Djouhri revendique une stature d'homme d'affaires polyvalent et international qui commence à se confirmer. Alexandre Djouhri bénéficie, par ailleurs, d'un réseau de premier plan, tant en France qu'à l'étranger. Plusieurs sources affirment qu'il est proche de l'Élysée.

Et d'ajouter que « monsieur Djouhri » est titulaire d'un diplôme de commerce obtenu aux États-Unis et parle plusieurs langues : le français, l'anglais, l'arabe et l'hébreu. En réalité, « monsieur Alexandre » n'a pas étudié aux États-Unis, il ne parle pas l'anglais, très peu l'arabe et encore moins l'hébreu, et est domicilié en Suisse, plaque tournante des intermédiaires du monde entier. En revanche, il est exact que c'est un bonimenteur de premier ordre, qui a prétendu être le fils naturel du roi marocain Hassan II et aussi être un cousin éloigné du président algérien Abdelaziz Bouteflika. Il est aussi exact que son carnet d'adresses comprend des hommes politiques français de premier plan – Jacques Chirac, Nicolas Sarkozy, Dominique de Villepin, Charles Pasqua, Michel Roussin –, des patrons du Cac 40 – Henri Proglio, Serge Dassault, Patrick Kron –, des chefs d'État étrangers – le Libyen Mouammar Kadhafi, le Congolais Denis Sassou-Nguesso, le Marocain Hassan II – et, encore plus surprenant, un patron des services secrets intérieurs, Bernard Squarcini.

Alexandre Djouhri a la menace aussi facile que d'autres la gâchette. Dans les milieux d'affaires, on frissonne rien que d'évoquer ses supposés faits d'armes. Il saurait où trouver des « tueurs à gages » et promettrait de « fumer » ses ennemis. Il aurait sorti Serge Dassault de plusieurs sales coups. L'intermédiaire libanais Ziad Takieddine ne l'accuse-t-il pas d'avoir fomenté une tentative d'assassinat contre lui sur l'île Moustique en 2004 ? Cet homme est capable de tout. En tout cas, il s'applique à le faire croire. Et il a des visées sur Areva. Son ami Claude Guéant, du temps où il était secrétaire général de Nicolas Sarkozy, n'avait-il pas conseillé à Atomic Anne de le recevoir ?

— C'est un homme qui sait mettre de l'huile dans les rouages, avait assuré Guéant de manière sibylline.

La présidente d'Areva avait refusé et, pendant plusieurs mois, les menaces d'Alexandre Djouhri, parfois relayées par Henri Proglio, lui sont revenues aux oreilles. Début 2011, elle a croisé l'intermédiaire au Ritz, en compagnie de Dominique de Villepin :

— Ah viens, Anne, que je te présente à Alexandre !

L'intéressé s'est aussitôt lancé dans une diatribe contre elle et sa conseillère en communication, Anne Méaux, fondatrice de l'agence Image 7. Tout cela, Anne Lauvergeon le confie à Maureen Kearney, un jour qu'elle l'a de nouveau entraînée sur le balcon :

— Henri Proglio prétend que le téléphone d'Anne Méaux est sur écoute et qu'il sait avec précision quand elle appelle des journalistes pour le « défoncer », comme il dit. Alexandre Djouhri a promis de ruiner sa réputation et d'aller jusqu'au bout pour nous détruire.

Anne Lauvergeon a commencé à recevoir des coups de téléphone anonymes :

— Fais gaffe, disait une voix qu'elle ne connaissait pas.

Une nuit, des cambrioleurs se sont introduits chez elle et n'ont rien emporté, sauf son ordinateur. Sa famille dormait dans la maison. Personne, à l'intérieur, n'avait rien entendu.

Anne Méaux, qui avait été proche d'Henri Proglio à l'époque de Vivendi, a aussi reçu des appels menaçants :

— Tu pourrais être renversée par une voiture.

Ou, un autre jour :

— On sait que tu as des filles.

Anne Lauvergeon a eu peur pour ses enfants. De ce jour, elle a pris des dispositions. Elle ne se rend plus jamais seule dans une maison isolée.

Maureen Kearney ne se sent pas concernée par cette atmosphère menaçante. Qui voudrait s'en prendre à elle ? En cette rentrée 2012, elle ne prend pas de précautions particulières et se promène avec ses accords secrets EDF-CGNPC sous le bras, qu'elle distribue à tous les politiques qu'elle rencontre. Et elle en voit beaucoup. En septembre, elle obtient aussi un nouveau rendez-vous avec Arnaud Montebourg à Bercy. Elle veut lui parler de ce nouvel accord secret négocié entre EDF et CGNPC et faire le point sur les discussions en cours avec les Chinois. Devant elle, le ministre du Redressement productif réclame des éclaircissements à son conseiller en charge des entreprises publiques, Frédérik Rothenburger. Celui-ci hésite :

— Ce n'est pas très clair… mais rien n'est encore signé avec les Chinois. Ce que la presse a publié, ce sont des projets qui n'ont jamais été ratifiés. Le gouvernement a contraint EDF à associer Areva à ses discussions. La situation est sous contrôle.

Sous contrôle. Chaque fois que la syndicaliste demande des informations à un gouvernement, c'est la même réponse. Ne vous inquiétez pas, l'État surveille.

La vérité, c'est que beaucoup de choses échappent aux politiques à propos du nucléaire. C'est un secteur particulièrement sensible tenu par de hauts fonctionnaires tous issus des Mines et de Polytechnique. Les meilleurs sont recrutés à la sortie de l'école et formés par les anciens à la doctrine du « tout nucléaire » à la française. Cette endogamie est encore renforcée par le fait que, pour traiter des sujets nucléaires, les conseillers, dans les administrations et les ministères, doivent disposer d'une habilitation « défense 2e niveau » et d'un ordinateur crypté. Grâce à ce système, la filière atomique est gérée de manière quasi militaire par une trentaine de hauts fonctionnaires quasi inamovibles. De quoi relativiser le côté « sous contrôle » des affaires nucléaires...

En sortant de Bercy, la syndicaliste est plus déterminée que jamais. En bon petit soldat, elle veut sauver Areva. Elle n'a plus confiance dans les politiques. Elle ne s'en rend pas compte, mais elle est bien seule, même appuyée par le comité de groupe européen d'Areva.

5

Une fois par semaine, la syndicaliste se rend à la SGN, à Montigny-le-Bretonneux, pour donner ses cours d'anglais. Le 6 novembre 2012, Maureen Kearney est en retard et particulièrement préoccupée. Elle a promis à son ami François Martinez, ingénieur à la SGN, d'arriver un peu avant son premier cours pour prendre un café avec lui. Des dossiers plein les mains, elle fait claquer les talons carrés de ses chaussures sur les marches qui mènent à l'entrée du bâtiment et, au moment de passer les tourniquets, accroche sa veste à l'un des montants en fer. Stoppée net dans son élan, elle exécute un tour complet sur elle-même, les feuilles de papier s'envolent au-dessus de sa tête et retombent au ralenti sur le sol carrelé, tandis qu'elle termine sa chute, étalée face contre terre.

Le choc a été aussi violent qu'inattendu. Elle en est presque sonnée. Sa cheville gauche double de volume et la douleur émise par son épaule droite, sur laquelle elle s'est écrasée de tout son poids, irradie jusque dans la hanche. Appelés en urgence, les pompiers l'allongent dans une pièce au rez-de-chaussée. Ils lui prodiguent les premiers soins et lui conseillent d'aller passer des examens à l'hôpital. Elle ne peut plus marcher ni bouger le bras. Maureen appelle François, qui descend en catastrophe. Il s'inquiète :

— Ton corps craque, Maureen, ça ne va pas. Tu as toujours été fragile physiquement. Il y a un an à peine, tu t'es rompu le tendon d'Achille, souviens-toi comme c'était douloureux. Il y a un message là, tu es trop inquiète, trop angoissée, il faut te reposer.

Mais elle ne veut rien entendre. Sa présence est annoncée à un colloque au Sénat l'après-midi. Elle veut s'y rendre quand même. Il faut alerter les politiques qu'Areva est en danger. Elle ira au colloque, portée par un collègue. Plus tard, son médecin orthopédiste diagnostiquera « une entorse grave de la cheville gauche » et « un traumatisme violent de l'épaule droite avec atteinte des tendons de la coiffe des rotateurs ».

Depuis la fin septembre, la pression ne cesse de monter. Autant Maureen Kearney était sur la même longueur d'ondes qu'Anne Lauvergeon, autant sa relation avec l'actuel président, Luc Oursel, tourne au conflit ouvert. Maureen Kearney ne comprend pas. Ne devraient-ils pas viser le même objectif, la protection d'Areva ? Mais ils sont en désaccord profond sur la manière d'y parvenir. La syndicaliste pense qu'il faut poursuivre la politique d'Anne Lauvergeon : indépendance vis-à-vis d'EDF, intransigeance à l'égard des Chinois, refus de tout transfert technologique. Alors que Luc Oursel juge qu'Areva n'a plus les moyens de cette ambition. Il faut se concilier EDF, principal client du groupe, amadouer la Chine, premier marché nucléaire mondial, et, donc, être prêt à des concessions. Areva n'a pas le choix.

Luc Oursel semblait programmé pour diriger une entreprise. Fils d'un colonel de marine, petit-fils et neveu d'historiens, il a étudié au très chic lycée parisien Janson-de-Sailly et intégré la prestigieuse École des mines, avant d'entrer à Polytechnique. Catholique pratiquant, il a épousé la fille d'un contre-amiral, a eu quatre enfants. Mais la dernière marche, celle qui devait le mener au sommet du pouvoir, a été bien dure à franchir. Chez Schneider (matériel électrique), chez Sidel (bouteilles en plastique), puis chez Geodis (transports), chaque fois, quelque chose a coincé. Jusqu'à ce qu'en juin 2011, enfin, la roue tourne. Nicolas Sarkozy l'a choisi lui, le numéro 2, pour succéder à Anne Lauvergeon. Adoubé par certains réseaux de gauche, proche de Pierre Joxe, ingénieur de formation et cadre de la maison, il était le candidat parfait. Luc Oursel avait osé braver la reine mère. Il est devenu président du directoire d'Areva.

— Le traître, le traître, il me doit tout, c'est moi qui l'ai sorti de Geodis où il se morfondait, sifflait Anne Lauvergeon dans les dîners en ville.

— Elle nous menait à notre perte, répliquait Luc Oursel dans les mêmes cénacles.

Ses cadres l'ont surnommé « Kung Fu Panda ». Du personnage de dessin animé, il a le même visage rond, les yeux bordés de poches de fatigue et les accès de colère incontrôlables. Il dit qu'un chef doit imposer son autorité. Ses détracteurs pensent qu'il ne sait pas mesurer les priorités et qu'avec lui, tout prend une importance démesurée. Il génère du stress en permanence, appelle ses collaborateurs à leur domicile jusque tard dans la soirée ; même ses plus proches parlent de « harcèlement ».

Mais comment prendre la suite d'une femme telle qu'Anne Lauvergeon ? Tout le renvoie à elle ; il voit son ombre partout : dans le regard, inquiet, de ses salariés, dans celui, déçu, de ses cadres, dans celui, agacé, d'Arnaud Montebourg, dans le mépris, ostensible, d'Henri Proglio, dans l'hostilité, même pas dissimulée, de Maureen Kearney. Il mourra deux ans plus tard, en 2014, d'un cancer foudroyant. Ses proches diront qu'il a été dévoré de l'intérieur par ses fonctions chez Areva.

Fin septembre, Maureen a montré à François ce nouvel accord franco-chinois, celui d'avril 2012, sur lequel elle a fini par mettre la main. Elle connaît l'ingénieur depuis bientôt dix ans. Maureen lui donnait des cours d'anglais à la SGN, où il est chargé de trouver les meilleurs fournisseurs à travers le monde. François et Maureen ont tout de suite sympathisé. Il a reconnu en elle la même énergie, le même dévouement, la même générosité que chez son père, syndicaliste CFDT lui aussi. Issu d'un milieu bourgeois et éduqué de Valence, en Espagne, le père de François s'est battu du côté des communistes contre Franco et a dû traverser les Pyrénées à pied, à la fin de la guerre, avec sa jeune femme enceinte. Il s'était installé dans la région de Grenoble où il avait embrassé le métier d'étireur de métaux. Tous les soirs, on parlait politique chez les Martinez. Quand François ramenait un bon bulletin de notes, son père le regardait droit dans les yeux et lui serrait la pogne, fermement.

À l'adolescence, François, qui aimait les études, a quand même été envoyé en apprentissage. CAP de carrossier. Mais il rêvait des Arts et Métiers. Pendant dix ans, il a travaillé douze heures par jour dans un atelier automobile, pour se payer des cours du soir. À vingt-huit ans, il est entré à la SGN avec le statut de cadre. Souvent, il donne un coup de main sur les sujets techniques à Maureen.

— Tu peux me dire si c'est mauvais pour Areva ou pas, cet accord ? lui demande-t-elle. Au gouvernement, certains me disent de ne pas m'inquiéter. Mais je me demande si je dois leur faire confiance. Est-ce qu'ils sont au courant de tout ? On me dit qu'Oursel négocie lui aussi un accord avec EDF et CGNPC dont on n'arrive rien à savoir. Chaque fois que le comité de groupe européen lui pose des questions, il répond que ce n'est pas nos affaires ou qu'il n'a rien signé.

— Montre tes papiers, Maureen, je regarde. C'est bizarre, le nom d'Areva n'apparaît nulle part. En page 5, là, le « NSSS » dont ils parlent, en français c'est le système de fourniture de vapeur, c'est le cœur du réacteur et cela relève de la compétence d'Areva normalement, pas de celle d'EDF. Là, il est aussi écrit que les Chinois auront la propriété intellectuelle de cet élément. Pourquoi est-ce que ça reviendrait aux Chinois ? Est-ce qu'EDF pourrait donner à CGNPC la technologie d'Areva ? Franchement, je ne peux pas te répondre. Tout cela est bizarre, c'est sûr. Mais le gouvernement doit bien avoir l'œil là-dessus. Tu connais mon point de vue : tout ça nous dépasse un peu, on ne devrait pas s'en préoccuper. Tu te souviens du message inquiétant que tu as reçu sur ton portable il n'y a pas longtemps ? « Je ne vous souhaite pas le bonsoir », ça disait. Ça t'avait effrayée. Il faut que tu fasses attention à toi.

— Je sais, mais je ne comprends pas ce qu'il se passe, François, je veux comprendre.

Quelques jours plus tard, Maureen Kearney prend le chemin du cabinet de l'avocat du comité de groupe européen. Pour obliger Luc Oursel à leur dévoiler les discussions avec les Chinois, le bureau l'a chargée de consulter leur avocat pour étudier un recours juridique. Bien des semaines plus tard, Jean-Pierre Bachmann se dira qu'en confiant ce mandat à son amie, ils l'ont transformée en cible. Cette idée le réveillera en sursaut toutes les nuits pendant des mois.

Maureen traverse le quartier des Grands Boulevards où se trouve le siège d'Areva, rue La Fayette. Là où battait, au XIXe siècle, le cœur politique et économique de Paris. Autour du palais de la Bourse, les grandes banques et les grands journaux grouillaient d'activité. Guy de Maupassant y a situé l'ascension du héros de *Bel-Ami*. Mais, de nos jours, ces rues semblent aussi figées que les statues de cire du musée Grévin que Maureen Kearney dépasse en remontant le boulevard Montmartre. Au premier étage de l'immeuble situé au numéro 18, se trouve le cabinet de maître Rachid Brihi.

Son histoire ressemble à celle de François Martinez et de millions de fils d'immigrés. Son père à lui est venu de Kabylie pour travailler à la Compagnie générale des câbles de Lyon, installée sur les quais de Seine, à Clichy. Le fils, Rachid, devenu avocat, s'est engagé auprès de Tiennot Grumbach, « l'avocat des luttes sociales », neveu de Pierre Mendès France, maoïste, légende des luttes sociales et anticoloniales. Il a effectué toute sa carrière à son côté. Ce sont les bureaux de Grumbach qu'il occupe aujourd'hui.

L'avocat apprécie Maureen Kearney. Elle n'a pas viré apparatchik, comme tant d'autres, elle ne s'est pas noyée dans les guerres intestines. Le pouvoir ne l'intéresse pas. Il lui arrive de la trouver trop rapide sur certains sujets, un peu « ayatollah » avec les autres syndicalistes. Mais il n'a jamais douté de la profondeur de ses convictions, de sa volonté de défendre de belles causes. La chevalière blanche, c'est comme ça qu'il l'appelle. Maureen Kearney lui explique la situation :

— Nous craignons que Luc Oursel nous cache quelque chose. Il y a des négociations, en ce moment, entre Areva, EDF et CGNPC. Elles sont entourées d'un grand mystère. Même certains hauts cadres d'Areva ne sont pas tenus au courant, et ils s'interrogent sur ce que le président prépare. Est-ce qu'il existe un moyen juridique d'obliger Luc Oursel à nous tenir informés ? On voudrait être sûrs que rien n'est fait contre les intérêts d'Areva.

Durant tout le mois d'octobre, à chaque réunion avec lui, Maureen Kearney pose la même question au président d'Areva :

— Où en sont les discussions avec les Chinois ? Est-ce qu'Areva a accepté des transferts de technologies ? Avez-vous signé quelque chose ?

Luc Oursel en devient fou de rage. Un soir, il appelle la syndicaliste à son domicile.

— Je sais que vous êtes allée chez elle aujourd'hui. Je sais ce que vous complotez dans mon dos ! Si le contrat avec la Chine rate, ce sera votre faute. Je vous en tiendrai pour personnellement responsable et je le ferai savoir en dehors de l'entreprise. Vous n'en avez rien à faire des salariés et du groupe. Je vous emmènerai au tribunal, j'ai des moyens que vous n'avez pas.

Luc Oursel n'a même pas eu besoin de dire qui ce « elle » désignait. Le pire, c'est que ce jour-là la syndicaliste est vraiment allée chez Anne Lauvergeon, pour leur thé mensuel. Maureen Kearney commence à avoir peur. Elle se demande si elle n'est pas écoutée ou surveillée.

Le 11 octobre, lors d'une séance du comité de groupe européen, le président d'Areva affirme :

— Aucun accord n'est signé et aucun accord n'est en préparation.

Quinze jours plus tard, Maureen Kearney reçoit au courrier une enveloppe avec, à l'intérieur, une feuille pliée en quatre, extraite du journal interne d'EDF. Un cliché montre Luc Oursel, l'air surpris, les yeux comme pris dans les flashs de l'objectif, assis à gauche du P-DG de CGNPC, He Yu, tandis qu'à sa droite Henri Proglio affiche un sourire énigmatique. Quatre petits drapeaux de la France et de la Chine posés sur la table devant eux ne parviennent pas à égayer ce cliché lugubre. La légende dit :

Le 19 octobre, à Avignon, EDF et Areva ont signé avec CGNPC un accord pour la conception d'un réacteur commun de moyenne puissance aux normes les plus modernes.

Sur la feuille du journal, une main anonyme a écrit un message à l'attention de la syndicaliste :

Alors comme ça, on ne travaille pas avec les Chinois ?

Maureen Kearney est ébranlée. « Tout est sous contrôle », alors que depuis deux ans, EDF fait cavalier seul sans la moindre considération pour les intérêts d'Areva ? « Rien n'est signé », alors qu'elle a désormais la preuve du contraire sous les yeux ? Sur cette photo, aucun politique n'est présent. Alors que ce genre de contrat se signe d'ordinaire en grande pompe, en présence des présidents des deux pays ou au moins des ministres concernés. On dirait que la signature s'est déroulée en catimini à Avignon, loin des regards. Loin de Paris, de Bercy, de Matignon et de l'Élysée. Les questions se bousculent. Le président de la République et le gouvernement sont-ils au courant ? Quel type de réacteur de moyenne puissance Areva-EDF-CGNPC ont-ils décidé de concevoir ensemble ? Luc Oursel a-t-il accepté de transférer la technologie du réacteur qu'Areva a déjà mis au point avec Mitsubishi ? Maureen Kearney sait qu'Areva attend en ce moment une grosse commande d'EDF pour des générateurs de vapeur. Henri Proglio a-t-il pu s'en servir pour contraindre Luc Oursel à accepter ? Ou ce dernier a-t-il négocié des contreparties suffisantes ? Les Japonais sont-ils au courant et ont-ils donné leur accord ? Impossible de répondre à toutes ces interrogations sans avoir en main ce « mémorandum » portant sur le nouveau réacteur. Troisième mouture des accords négociés avec CGNPC.

— Vous êtes un menteur, lance-t-elle à Luc Oursel quelques jours plus tard.

— Vous complotez avec Lauvergeon depuis des semaines pour que je perde mon job. Mais c'est moi le plus fort, j'ai gagné cette manche-là, lui réplique-t-il.

Puis le président d'Areva saisit une chaise à côté de lui et la balance à travers la pièce.

La syndicaliste rappelle les cabinets de Montebourg et de Moscovici, le ministre de l'Économie qui doit bientôt se rendre en visite officielle en Chine. Étaient-ils au courant de cette signature ? Savent-ils ce que ce nouvel accord renferme ? À quels transferts de technologies Areva s'est-elle engagée ?

— Nous n'étions pas au courant de cette signature, mais nous veillons aux intérêts d'Areva, s'entend-elle répondre.

Début novembre, le bureau du comité de groupe européen décide de monter un cran au-dessus. Puisque les ministres ne savent pas, ils vont interpeller le Premier ministre, Jean-Marc Ayrault, et le président, François Hollande. Les syndicalistes veulent savoir ce que l'État, actionnaire d'Areva et d'EDF, sait exactement de la teneur de cet accord et si leurs intérêts sont bien protégés. Les mails sont partis le jour même où Maureen Kearney, nerveuse et les traits tirés, s'est effondrée dans le hall de la SGN, le 6 novembre.

À : CABINET-PM COURRIER
Cc : Maureen Kearney (Areva) ; Jacky Masdebail (Areva)
Objet : Coopération nucléaire franco-chinoise – CGE Areva
Importance : Haute

Monsieur le Premier ministre,

Comme nous avons eu l'information ci-dessous, nous nous interrogeons et souhaiterions savoir si vous (ou votre gouvernement) aviez eu connaissance de cette signature.
Restant à votre disposition,
Nous vous prions de croire, monsieur le Premier ministre, à l'assurance de notre haute considération.

Maureen Kearney
Secrétaire générale du comité de groupe européen d'Areva

Ci-joint : la photo prise le 19 octobre dernier à Avignon, à l'occasion de la signature par MM. Henri Proglio, He Yu et Luc Oursel, P-DG d'EDF, de CGNPC et d'Areva, d'un accord de coopération qui prévoit notamment la mise en commun d'équipes en vue d'élaborer un nouveau réacteur de 3e génération.

Le 19 novembre, les membres du comité de groupe européen d'Areva se retrouvent au Novotel de la porte de Bagnolet. Situé à mi-chemin entre le centre de Paris et l'aéroport de Roissy, l'hôtel, gros Lego blanc percé de petites fenêtres, se dresse au-dessus d'un entrelacs de bretelles d'autoroutes et de voies ferrées, qui l'encerclent de leurs bras de goudron et de ferraille. C'est le genre d'endroit où la vie a déserté. Pas d'arbres, pas de piétons, pas de cris d'enfants. Sur les sites spécialisés, les clients se plaignent de la vétusté de la literie et de la robinetterie des chambres. Mais l'endroit est un point de ralliement pratique pour les membres du comité de groupe européen qui arrivent de toute l'Europe. Le rituel est immuable. Le lundi : journée préparatoire et vote des résolutions. Le mardi : rencontre avec la direction des ressources humaines d'Areva et parfois le président. Anne Lauvergeon était présente aussi souvent qu'elle le pouvait. Luc Oursel se montre moins assidu.

Le comité a demandé à Rachid Brihi de venir. Vêtu d'un costume foncé et d'une chemise blanche sans cravate, de petites lunettes rondes posées sur le nez, l'avocat rappelle le contenu de l'article 11 des statuts du comité de groupe européen, créé en 2003 : celui-ci doit être informé et consulté en temps utile sur tous les choix stratégiques du groupe Areva susceptibles d'avoir un impact sur les emplois du groupe. D'après son analyse, l'accord de coopération avec la Chine entre dans ce champ d'application. Puisque Luc Oursel ne veut pas les informer, on va l'y obliger.

Le bureau a préparé un document de treize pages résumant deux années de quiproquos et de cachotteries à propos des discussions avec la Chine. Maureen Kearney et Jacky Masdebail en lisent chacun une page à tour de rôle. À chaque bas de page, il est écrit en caractères gras :

Dormez tranquilles. Il n'y a rien. Tout est sous contrôle. Aucun accord ne sera signé !

Maureen Kearney conclut l'exposé :

— Les conseillers que nous avons interrogés dans les ministères et à l'Élysée disent qu'ils veillent aux intérêts d'Areva. Mais c'était déjà ce que nous disait le précédent gouvernement. Il nous apparaît que le haut management d'EDF a délibérément franchi la ligne rouge : pas de cession de propriété intellectuelle. Même violation sur une règle non écrite, mais claire : les entreprises françaises et européennes doivent être privilégiées et ne pas être mises en concurrence avec le partenaire chinois. Dans les accords, aucune contrepartie n'apparaît clairement pour Areva. Les principaux bénéficiaires sont EDF et CGNPC. Nous y voyons un danger pour nos emplois, tant au niveau français qu'européen.

En conséquence de ce violent réquisitoire, Maureen Kearney propose aux membres du comité de groupe européen d'assigner la direction d'Areva au tribunal afin d'obtenir en urgence la transmission de l'accord signé le 19 octobre. Les représentants du syndicat CGE-CGC hésitent. Ils préfèrent le dialogue et le consensus. Les délégués allemands les accusent de jouer le jeu de la direction. Finalement, une résolution est votée à l'unanimité :

Les membres du comité de groupe européen demandent à la direction de suspendre toute mise en œuvre de cet « accord de coopération » ainsi que toute décision, quelle qu'en soit la forme, qui s'y rapporterait. Ils demandent également la communication de cet « accord de coopération » et donnent mandat au secrétaire du comité de groupe, en tant que de besoin, pour représenter ce dernier dans toute procédure juridique ou judiciaire aux fins de sauvegarder les droits et prérogatives de l'instance.

Le lendemain du vote de cette résolution, Luc Oursel convoque Maureen Kearney dans son bureau, au cinquième étage, et lui passe un savon qui la laisse tremblante. Le soir, Maureen rentre chez elle en pleurant. Elle est entrée dans un bras de fer dont elle ne voit plus l'issue. À ses amis, elle confie, en se tordant les mains, qu'elle n'y arrive plus et qu'elle veut arrêter. Jean-Pierre Bachmann lui propose de quitter ses fonctions à la fin de l'année 2012. Il lui a trouvé une remplaçante, Anne Gudefin, une ingénieure calme et mesurée. Il faut tenir encore un mois.

Le 13 décembre, Luc Oursel reçoit la mise en demeure de l'avocat du comité de groupe européen. Nouvelle convocation de Maureen Kearney, nouveaux hurlements, nouvelles larmes.

Quelques jours auparavant, le président d'Areva a reçu la visite du patron de Mitsubishi Heavy Industries, Kazuo Tsukuda. Lui aussi s'inquiète des négociations, qu'il a apprises par la presse, menées par Areva avec CGNPC, son rival chinois. Le gouvernement français aurait-il pu oublier qu'Areva est lié par un partenariat exclusif avec Mitsubishi ? En tournée en France, Kazuo Tsukuda a déjà rencontré Emmanuel Macron, secrétaire général adjoint de l'Élysée, Pierre Sellal, secrétaire général du Quai d'Orsay, et Arnaud Montebourg, ministre du Redressement productif. Luc Oursel lui demande :

— Alors, vos discussions avec le gouvernement français vous ont-elles rassuré sur nos intentions ?

Kazuo Tsukuda hésite :

— Oui et non, répond-il prudemment.

— Vous devriez aller voir Henri Proglio, le P-DG d'EDF, lui conseille Luc Oursel. Lui saura bien vous éclairer.

Drôle de déclaration. Comme si le président d'Areva lui-même indiquait à son partenaire japonais que le vrai patron du nucléaire français n'était ni le gouvernement ni lui-même, mais Henri Proglio.

Le vendredi 14 décembre, la syndicaliste est à bout. Pour la première fois depuis des années, Maureen a pris rendez-vous avec le psychiatre qui l'a suivie par le passé. Elle a trop mal à l'épaule pour conduire. C'est François qui l'amène. Le médecin thérapeute lui prescrit un calmant et un antidépresseur.

Jean-Pierre l'appelle :

— On y est presque, Maureen, c'est gagné. Oursel a huit jours pour répondre à notre mise en demeure. Sinon on le mettra au tribunal. Il le sait bien, on va juste discuter des modalités : il va devoir accepter de donner l'accord qu'il a signé avec CGNPC. Après ça, tu quittes tes fonctions. Ce sera fini.

Pendant le week-end, Maureen demande à Rachid Brihi d'étudier une plainte pour harcèlement moral à l'encontre de Luc Oursel. Les menaces, les coups de fil le soir à la maison, les convocations, il faut que ça s'arrête. Tout le week-end, elle s'interroge encore : faut-il aller jusqu'à assigner la direction en justice ? Le bureau a prévu d'engager la procédure le lundi. Elle voudrait un dernier avis. Elle envoie un SMS à Bernard Cazeneuve. Après tout, c'est lui, le premier, qui l'a poussée à agir. Il pourra la conseiller :

— Bonjour, la situation est explosive chez Areva. Est-ce que je peux vous rencontrer lundi ? J'ai besoin de vous voir. *Warm regards*, Maureen.

— Bien sûr, voyons-nous, appelez ma secrétaire demain pour prendre rendez-vous, répond le ministre.

Dans l'après-midi du dimanche, elle appelle encore Rachid Brihi pour régler les derniers détails. Le lundi matin, elle a rendez-vous pour une IRM à l'hôpital. Après, elle doit se rendre chez Areva. La journée du lendemain s'annonce chargée.

Elle se couche tôt.

DEUXIÈME ACTE

L'engrenage

Décembre 2012 – Février 2013

6

Honneur de vous informer de la découverte consciente mais ligotée, bâillonnée et violentée vers 13 h 30 à Auffargis par employée de maison de Mme Kearney épouse Hugo. Très choquée. Réputée bien connaître Mme Lauvergeon et avoir participé à des contacts internationaux. La lettre « A » inscrite sur le ventre de la victime. Mention : « deuxième avertissement ».

Mail envoyé par le préfet des Yvelines, Michel Jau, aux cabinets des ministres de l'Intérieur, Manuel Valls, et du Redressement productif, Arnaud Montebourg.

Son prénom est Marioara mais tout le monde l'appelle Maria. Elle est arrivée de Roumanie en 1998 et élève, seule, son fils de quatorze ans. Elle s'occupe du ménage chez Maureen et Gilles Hugo depuis cinq ans, à Auffargis, entre Rambouillet et Versailles, dans les Yvelines. Pour aller chez eux, il faut prendre la nationale 10 et bifurquer sur la route départementale 73 qui prend le nom de Grande-Rue dans le village. Le pavillon des Hugo se situe au numéro 10, dans un léger renforcement, protégé par un portail à double battant et une clôture autour du terrain. Le lundi, Maria commence à 10 heures chez les Pellus, des amis des Hugo, puis, en cinq minutes, elle se rend à Auffargis où elle reste de 13 à 18 heures.

Le temps s'est radouci en ce lundi 17 décembre 2012. Oubliées les neiges de novembre et les températures polaires. La météo a prévu des giboulées en fin d'après-midi. Il est pile 13 heures quand Maria gare sa voiture devant le numéro 10. C'est un quartier pavillonnaire comme il en existe des milliers en France. De ceux où l'on emménage pour fonder une famille, où l'on s'observe du coin de l'œil, où l'on connaît les habitudes des uns et des autres. Les voisins des Hugo savent que Gilles part très tôt le matin et que Maureen – qui a gardé son nom de jeune fille, Kearney, au travail – n'est pas souvent là.

Leur maison n'est pas la plus belle de la rue mais elle est assez grande. La porte d'entrée ouvre directement sur une cuisine, avec une table ronde au milieu. Derrière, il y a la salle à manger avec sa grande table rectangulaire entourée de lourdes chaises en bois agrémentées de coussins d'assise en tissu clair. Des étagères courent le long des murs, soutenant un bazar de livres, chopes, verres et bouteilles. Une affiche est accrochée, où l'on peut lire : « *Guinness as usual.* » Au bout du couloir se trouve une salle de bains avec un lavabo et des toilettes.

Le couple aime recevoir. Ils ont formé autour d'eux une famille élargie qui inclut le premier compagnon de Maureen, son frère et l'épouse de ce dernier. S'y ajoutent aussi les amis de Gilles appartenant au monde du spectacle, les amis de Maureen qui travaillent chez Areva, les amis des amis… Maureen adore cuisiner. Elle mitonne des plats familiaux pour dix ou quinze personnes ; Gilles distille ses anecdotes sur les vedettes de la chanson qu'il accompagne en tournée et a toujours un chanteur africain ou un musicien irlandais à faire découvrir. Les copains repartent avec des clés USB bourrées de morceaux. On s'amuse, on se couche tard, on boit de la bière, parfois un joint circule. Les soirées se terminent dans le canapé en tissu écossais du salon qui se trouve près la fenêtre, face à la cheminée et à la télévision. Une armoire ancienne occupe un pan de mur. Des photos dans des cadres racontent une vie de famille sans histoires. Sur une commode, des clichés des dernières vacances défilent sur l'écran d'un album numérique. À l'étage, le couloir aménagé en bibliothèque – livres, disques, DVD en pagaille – dessert deux grandes chambres, une salle de bains, un dressing et un bureau.

Maria ouvre le portail en bois blanc qui n'est pas fermé à clé. Elle ramasse le courrier dans la boîte aux lettres, qui se trouve à droite du portail. Foule les gros pavés du chemin et dépasse le garage transformé en studio, qui a servi à Fiona, la fille de Maureen et Gilles, jusqu'à son installation récente à Paris en colocation. Sur le côté gauche de la maison, une remise abrite les quelques outils de Gilles, même si personne n'est vraiment manuel dans la maison. Pas plus Gilles que Maureen ne sait planter un clou. Le chien n'est pas dans la cour. Maria s'en étonne : d'ordinaire, il attend dehors quand il n'y a personne à la maison. Elle suppose donc que quelqu'un est à l'intérieur. Pourtant, Maureen, restée bloquée un mois à la maison à cause du plâtre posé sur sa cheville, devait reprendre le boulot. Son plâtre lui a été retiré la semaine dernière. La femme de ménage s'approche de la porte d'entrée, cogne une première fois, puis une seconde. Elle ne peut rien voir au travers des carreaux dépolis de la partie supérieure de la porte. Elle actionne la poignée et pénètre dans la cuisine. Le chien se presse dans l'espoir d'une caresse. C'est un vieux chien, quasiment aveugle et sourd, qui n'aboie jamais. Maria pose le courrier sur la table de la cuisine et appelle.

— Bonjour Maureen, je suis là.

Maria s'avance et hausse la voix.

— Je suis entrée, Maureen, vous êtes là-haut ?

La femme de ménage s'engage dans la double porte battante qui sépare la cuisine du salon et découvre Maureen de dos, assise sur une chaise à côté du canapé, face à la télévision allumée. Elle la contourne et voit les mains liées, les pieds entravés, les collants baissés et la tête qui pendouille, comme si Maureen était assommée. Maria crie.

— Maureen !

La tête dodeline. Maureen semble se réveiller. Elle n'est pas morte, pense fugitivement Maria.

Elle s'accroupit à sa hauteur, comme les institutrices qui ne veulent pas effrayer les enfants, et tire sur le scotch qui ferme la bouche de la syndicaliste.

— Maureen, que s'est-il passé ? murmure-t-elle.

— Je ne sais pas, je ne sais pas, aidez-moi Maria, sauvez-moi.

Maria retourne à la cuisine, ouvre un tiroir et ramène un couteau. Elle coupe les liens des pieds. Elle tranche aussi les espèces de menottes en scotch qui entourent les poignets. Elle délace les chaussures noires et tire sur les collants tirebouchonnés. Sous les pans ouverts du peignoir gris, la robe bleu foncé de la syndicaliste est remontée jusqu'à son nombril.

— Regardez ça, Maria, le couteau, indique Maureen du menton.

Le souffle a sans doute dû manquer à Maria quand elle a vu ce que sa patronne désignait : un objet fiché dans son entrejambe, un couteau de cuisine dont la lame blanche en céramique dépassait. La femme de ménage se précipite à la cuisine, attrape un torchon et revient. Elle doit glisser son bras entre les jambes de Maureen et tire délicatement sur la lame. Dans le fond, la télévision branchée sur BFM diffuse les nouvelles du jour. Le Premier ministre Jean-Marc Ayrault se défend d'avoir traité Gérard Depardieu de « minable » après que l'acteur a déménagé en Belgique pour des raisons fiscales. Depardieu a menacé de rendre son passeport français et d'opter pour la nationalité belge.

Maria pose le couteau sur la table de la cuisine et retourne auprès de Maureen. La saisit, tremblante, sous les aisselles. La dépose sur le canapé. File à l'étage chercher une couverture marron, redescend, la dépose sur ses jambes. Elle compose le 17, le numéro de la police.

— Non ! crie la syndicaliste, il faut… appeler… Gilles…

Mais elle n'arrive pas à se souvenir du numéro de son mari. Par deux fois, elle donne à Maria son propre numéro et son portable résonne inutilement dans la maison. Enfin, Maria est en ligne avec Gilles qui lui demande de refaire le 17.

— Gendarmerie, bonjour.

— Bonjour madame, je suis venue chez une dame faire du ménage. Et quand je suis arrivée chez cette dame, elle était ligotée sur un siège, avec du scotch sur la bouche…

En attendant que les secours arrivent, Maria est très agitée. Elle crible Maureen de questions :

— Que s'est-il passé Maureen ? Ils étaient combien ? Plusieurs ? Vous pensez qu'il y a encore quelqu'un dans la maison ?

Maureen ne répond rien, elle ne parle quasiment pas :

— Je ne sais pas, je ne sais pas, j'étais en train de me brosser les dents en bas dans la salle de bains, un homme est arrivé par-derrière et m'a mis quelque chose de noir sur la tête. Après, je ne sais pas.

C'est tout ce qu'elle arrive à dire. Elle ajoute quand même :

— Je pense que c'est mon boulot.

Cinq minutes passent, les pompiers arrivent, au nombre de trois. Ils constatent que des bouts de scotch sont éparpillés un peu partout par terre. La syndicaliste tire sur une cigarette, allongée sur le canapé. Elle répète qu'elle se brossait les dents en bas quand un individu a surgi. Il lui a introduit un couteau dans le vagin après lui avoir taillé un « A » sur le ventre. Elle relève sa robe et dévoile des plaies peu profondes. Le sang a eu le temps de sécher. Un des pompiers désinfecte avec une compresse en attendant l'arrivée de l'ambulance.

— Vous vous souvenez de quelque chose ?

— Pas beaucoup, j'ai dû avoir des pertes de connaissance, j'ai des blancs dans la tête.

Pendant ce temps, Gilles, qui était au restaurant, revient en courant dans les locaux de son entreprise. Il est 13 h 37. Comme tous les matins, il est parti très tôt, à 5 h 30, c'est le seul moyen d'éviter les bouchons. Auffargis se trouve dans la vallée de Chevreuse, au sud de la capitale, tandis que l'entreprise de Gilles est située tout au nord, dans la plaine Saint-Denis, à côté des grands studios de télévision. Depuis seize ans il consacre toute son énergie à sa société de sonorisation qu'il a appelée « Silence ! ». Tous deux sont très pris par leurs vies professionnelles. Maureen le lui reproche souvent. Quand Gilles a croisé sa route, en 1981, il était un jeune ingénieur du son. Après un spectacle, il a rencontré la frêle Irlandaise qui était avec des amis à lui. Elle, la taille fine, les cheveux libres sur les épaules et des airs ingénus à la Jane

Birkin. Lui, sourire à la Claude Rich, malicieux et détaché, bébé requin du showbiz qui tombait les filles. À la fin de la soirée, il lui a promis : « Je vais passer le reste de ma vie avec toi. » Elle a ri, trouvé cela romantique, très « fleur bleue », et ne l'a plus quitté.

La vie de Maureen n'avait pas été sans heurts jusque-là. Elle a vu sa mère sombrer dans l'alcool quand ses parents se sont séparés. A dû veiller sur ses trois frères. Convaincre son père de lui payer des études secondaires. Jeune maman à vingt ans, elle a vécu un premier échec avec le père de Neil. L'amour joyeux que lui proposait Gilles l'avait bouleversée. Un coup de foudre. Ils s'étaient tant amusés, avaient traversé les États-Unis, s'étaient goinfrés de hamburgers et de soda, s'étaient pris de fous rires en découvrant les bourrelets ramenés d'Amérique. Rien ne paraissait grave, tout semblait léger. Ils avaient leurs blessures, des failles aussi profondes que les canyons de Californie qu'ils venaient de visiter. Mais à vingt ans, on croit encore qu'il suffit d'avancer dans la vie, de penser à autre chose et de se divertir pour oublier. En général, c'est l'inverse qui se produit : les fêlures deviennent des abîmes qui finissent par tout engloutir ; les silences, des vacarmes qui éteignent le doux clapotis du quotidien.

Tandis que Gilles retraverse Paris dans l'autre sens, du nord au sud, il se repasse le fil des événements. Quand il a quitté son domicile, ce matin, Maureen était déjà en train de boire son thé dans la cuisine. Il l'a appelée vers 6 h 15, au niveau de Suresnes.

— Il y a du monde sur la route, ne pars pas trop tard.

Elle avait rendez-vous à 8 heures à l'hôpital de Neuilly pour une IRM de l'épaule. Que faisait-elle encore à la maison à 13 heures ?

Gilles engage sa Lexus dans la Grande-Rue. Il est vite bloqué par un barrage de gendarmes. Au loin, devant chez lui, il voit une ambulance du Samu, un camion de pompiers, des véhicules de la gendarmerie, des gyrophares, des officiels – le sous-préfet, le substitut du procureur, monsieur le maire. Il doit montrer patte blanche pour passer son portail. À l'intérieur de la maison, il aperçoit, impuissant, des techniciens en blouse blanche s'agiter. On se croirait dans un feuilleton télévisé. Il doit attendre un moment avant d'accéder à son épouse. Elle est transportée dans l'ambulance. Parce qu'elle était choquée et paniquée, les infirmiers lui ont administré un Lexomil pour la calmer. Elle répétait sans pouvoir s'arrêter : « J'ai peur, j'ai peur. »

Avant son transfert vers l'hôpital de Rambouillet, sous escorte de la gendarmerie, elle s'abandonne dans les bras de son mari.

— Gilles, c'est terrible, glisse-t-elle, l'air décomposé.

Elle lui dit d'appeler sa secrétaire, Valérie, à la SGN, pour récupérer les numéros des trois personnes à appeler : l'avocat Rachid Brihi, Jean-Pierre Bachmann et Anne Lauvergeon. Les gendarmes ont saisi ses deux téléphones portables sans qu'elle ait eu le temps de noter les numéros.

Dans l'ambulance qui la conduit à l'hôpital, la syndicaliste est accompagnée du premier pompier arrivé sur les lieux.

— Vous n'avez aucune idée de qui a pu faire ça ? lui redemande-t-il.

— J'ai reçu des menaces il y a deux, trois semaines, répond-elle. Mon agresseur a dit en partant : « Il n'y aura pas de troisième avertissement. » Depuis un an, je travaille sur un dossier important chez Areva, un contrat avec la Chine. Ce week-end, j'ai même contacté un ministre pour lui parler des menaces que je subis. On devait se reparler aujourd'hui.

À 16 heures, elle est nue, jambes écartées et pieds dans les étriers de la table d'examen du docteur Z., médecin aux urgences gynécologiques de l'hôpital de Rambouillet. Il introduit un spéculum dans son vagin, écarte les mâchoires métalliques de l'appareil, y passe un écouvillon et effectue deux prélèvements expédiés au laboratoire.

Il note : « Madame rapporte être victime d'une agression ce jour à son domicile, l'agresseur l'ayant pénétrée avec le manche d'un couteau après l'avoir balafrée sur le ventre. Elle ne rapporte pas, par ailleurs, de pénétration par le sexe de l'agresseur. » La patiente, remarque le médecin, « voit dans l'agression de ce jour un avertissement pour qu'elle mette un terme à ses agissements au travail. Elle est préoccupée pour sa vie. Elle déclare : "Ils finiront par me tuer." Son discours est, par ailleurs, cohérent, sans signe interprétatif ou délirant. Concernant l'agression, elle évoque une dissociation péri-traumatique et un vécu de dépersonnalisation : "je me voyais de l'extérieur, je n'ai pas eu mal" ». Poursuivant son examen, le médecin de garde souligne l'existence de « plusieurs plaies superficielles, ne saignant pas, dessinant la lettre A » sur le ventre, et l'absence de saignement et de lésion sur la vulve et le vagin.

Trois heures plus tard, la victime est entendue sur son lit d'hôpital par deux gendarmes. Cette première audition dure quatre heures. Elle leur raconte les circonstances de son agression, l'appel téléphonique, quelques semaines plus tôt, d'un homme inconnu qui lui a dit « d'arrêter de se mêler des choses qui ne la regardaient pas », les contrats franco-chinois.

— Pourquoi avoir continué de vous battre même après la signature du dernier accord le 19 octobre ?

— Je voulais être certaine qu'il était vraiment favorable à Areva. Tout le monde dit que le contrat est bon mais personne ne l'a vu.

— Pensez-vous être ou avoir été surveillée ?

— Oui, mais je n'ai aucune preuve.

La syndicaliste sait combien le nucléaire est un secteur sensible et hors norme. Son ancienne patronne, Anne Lauvergeon, n'a-t-elle pas fait l'objet de menaces téléphoniques ? Elle le dit aux gendarmes : le nucléaire est un domaine qui ne ressemble à aucun autre.

Pour finir, Maureen Kearney leur remet deux pages écrites en les attendant :

6.30 – 7.00
Salle de bains. J'étais en train de me laver les dents. Tout à coup on me met une cagoule, bonnet ou cha-

peau sur la tête, et on me couvre les yeux avec. J'avais l'impression d'avoir un revolver dans le dos. Il me fait asseoir sur les toilettes et me met un sparadrap sur la bouche.
Ensuite, il me fait lever et passer devant lui. J'avais toujours l'impression d'avoir un revolver dans le dos. Il m'emmène dans le salon en traînant une chaise. J'ai toujours la cagoule sur les yeux.
Il commence à m'attacher, les pieds d'abord, en s'énervant. Il me fait tenir le scotch. Ça colle de partout. Il finit par y arriver. Ensuite il m'attache les mains derrière le dos.
Je ne vois rien. Je ne peux rien dire.
C'est à ce moment-là qu'il me dit qu'il n'y aura pas de troisième avertissement. Je pensais qu'il allait me tuer. Il baisse mes collants. Je sens un couteau sur mon ventre. Je pensais qu'il allait me poignarder. J'ai l'impression qu'il trace des lignes sur mon ventre.
Ensuite il m'écarte les jambes et essaie de mettre quelque chose dans mon vagin. Ça ne rentre pas. Il s'en va et j'entends le frigo s'ouvrir. Il revient. L'objet avait l'air de glisser plus facilement dans mon vagin. Il se lève et a l'air de partir. J'entends plus rien.
J'avais l'impression qu'il était habillé en vêtements de moto – le bruit. Il avait des gants – pas en laine – lisses. Il était très à l'aise, calme, très « businesslike ».
Maria, ma femme de ménage, mon ange, est arrivée vers 13 heures.
Je pense qu'ils vont me tuer, ou me discréditer.

La nouvelle de l'agression de Maureen Kearney s'est répandue comme une traînée de poudre dans les ministères.

— Ils sont devenus fous avec cette histoire, disent les nombreux conseillers de cabinet qui ont rencontré la syndicaliste ces derniers mois.

Tout le monde y va de son hypothèse. Qui peut être derrière : Areva ? EDF ? Les Chinois ? Cela paraît fou, en effet, impossible. Des individus qui pénètrent, comme ça, en plein jour, dans un domicile, soignent la mise en scène et repartent sans rien voler, cela ressemble à des méthodes de professionnels. Mais lesquels ? Et de quel pays ?

Dans la soirée, la berline avec chauffeur d'Arnaud Montebourg file sur les quais de Seine. Les monuments de Paris s'extraient de la nuit tels des décors de théâtre par la magie des éclairages nocturnes. Le Quai d'Orsay, l'Académie française, la Conciergerie… Les réunions se sont enchaînées depuis le matin. Il fait déjà nuit quand le ministre du Redressement productif prend connaissance du mail envoyé par le préfet des Yvelines plus tôt dans l'après-midi. Maureen Kearney, la syndicaliste d'Areva, retrouvée chez elle, ligotée et bâillonnée.

Le SMS reçu pendant le week-end lui revient. À la lumière des derniers événements, ces mots prennent une autre résonance.

— Situation explosive entre la direction d'Areva et le comité de groupe européen, avait écrit la syndicaliste.

— Nous suivons l'affaire, avait-il répondu laconiquement.

— Est-ce que vous suivez aussi l'intimidation et la pression dont je me sens victime ? avait-elle insisté.

Arnaud Montebourg n'avait pas répondu, un peu agacé, sans doute, qu'elle remette en cause son autorité. De son point de vue, elle était trop alarmiste avec ces contrats chinois. Lui pensait, à l'instar d'Henri Proglio, que la France ne pouvait pas se passer de la Chine, qu'il fallait bien céder un peu de technologie aux Chinois si l'on voulait des commandes de centrales et que c'était le devoir de l'État de veiller à ce qu'on ne leur en transfère pas trop. Pas celui des syndicats. C'est sûr qu'Anne Lauvergeon n'aurait jamais accepté un tel partenariat. Mais elle n'était plus là et Arnaud Montebourg n'entretenait pas de bonnes relations avec Luc Oursel en qui il n'avait pas confiance. À la moindre contrariété, le président d'Areva laisse des messages impérieux à son secrétariat : « Me rappeler de toute urgence », comme si le ministre n'avait pas des montagnes de dossiers brûlants sur son bureau. Il vient de perdre l'arbitrage sur Florange, François Hollande a refusé la nationalisation temporaire des hauts-fourneaux de Lorraine. Première trahison socialiste qu'ils paieront tous très cher. Dans l'esprit du ministre, le leader du nucléaire français, maintenant, c'est EDF, et ça lui va très bien comme ça. Henri Proglio lui-même se plaint des appels intempestifs de Luc Oursel. Il a confié à Montebourg que, la plupart du temps, il ne répond pas.

Le ministre du Redressement productif n'ignore pas qu'Henri Proglio a parfois des méthodes et des propos peu conventionnels. Mais Proglio se sait sur la sellette. À la première incartade, il prendra la porte. Arnaud Montebourg est persuadé que le P-DG d'EDF ne va pas prendre le risque de négocier dans son dos, comme il l'a fait avec les précédents ministres. Sinon il passera un sale quart d'heure au troisième étage de Bercy, il ne sera pas le premier. En ce moment, Henri Proglio fait profil bas, il accepte tout ce qu'on lui demande. EDF crache bénéfices et dividendes et les syndicats gardent le sourire. Pas vraiment le cas chez Areva. Arnaud Montebourg compose le numéro de portable de Luc Oursel.

— On m'apprend que Maureen Kearney a été retrouvée ligotée chez elle. Mais quand ça va s'arrêter ce bordel avec les syndicats ? C'est votre boulot de leur parler, de garder le calme dans la maison. La filière française est en train d'exploser en plein vol et maintenant on va avoir un incident diplomatique avec la Chine. On se tire une balle dans le pied. Qu'est-ce qu'on fait avec cette histoire ? Vous croyez que c'est comme ça qu'on va les vendre, vos EPR ? lui hurle-t-il au téléphone.

À l'autre bout du fil, Luc Oursel est paralysé. Il ne peut pas en placer une. Il aimerait sans doute dire qu'il n'y est pour rien, qu'on ne peut pas tout lui coller sur le dos, que ce n'est pas de chance, si ça se trouve c'est un fou qui passait par là, qu'il n'arrête pas de leur dire de se calmer, à ses syndicats. Mais le ministre ne le laisse pas reprendre sa respiration et lui raccroche au nez.

Dans la foulée, Arnaud Montebourg avertit le cabinet de Christiane Taubira, garde des Sceaux, qu'il va appeler le procureur de Versailles, Vincent Lesclous. Il est accueilli froidement par le procureur.

— Vous n'avez pas à faire pression sur la justice, monsieur le ministre, lui déclare le magistrat en préambule.

— Je ne veux pas faire pression, je veux vous donner des éléments de contexte. Je connais bien Maureen Kearney, elle est très sérieuse, constructive, elle pense que les syndicats doivent se mêler de la stratégie de l'entreprise. C'est très anglo-saxon comme démarche, pas du tout français. Mais elle n'agit jamais seule, toujours en concertation avec les autres syndicats. Elle furetait partout pour en savoir plus sur des contrats signés par EDF et Areva avec des Chinois. Elle était reçue dans tous les ministères, elle a distribué des documents secrets, elle avait un vrai pouvoir de nuisance. Il pourrait y avoir des États derrière, glisse le ministre.

Pour Arnaud Montebourg, à cet instant, il n'y a pas de place pour le doute : l'agression de Maureen Kearney est liée aux contrats chinois. Le procureur l'écoute poliment et écourte la conversation. Le ministre contacte ensuite son conseiller, Frédérik Rothenburger, et lui demande de se rendre dès le lendemain à la gendarmerie.

— La dernière fois que j'ai rencontré Mme Kearney, c'était le 23 novembre dernier, dira ce dernier aux enquêteurs, elle m'a fait part des pressions qu'elle subissait. Elle est restée assez évasive sur le sujet mais elle a évoqué le machisme de certaines personnes. Depuis quelques semaines, elle rencontrait des difficultés avec sa direction lorsqu'elle posait des questions sur les projets futurs d'Areva avec la Chine. Il existe un débat au sein d'Areva entre les personnes favorables à un accord avec ce pays et celles craignant un transfert de technologie non maîtrisé. Mme Kearney faisait partie de cette dernière catégorie. Elle avait peur qu'Areva ne perde des emplois en France.

C'est Jean-Pierre Bachmann qui a prévenu les camarades du comité de groupe européen. Le choc. La stupeur. Puis la crainte. Sans le dire ouvertement, beaucoup vivent l'agression de Maureen comme une mise en garde : qui sera le prochain sur la liste ? Ils ont peur. Les voilà paralysés. L'assignation en justice n'est pas envoyée à la direction d'Areva. La volonté d'aller en justice a disparu en même temps que Maureen Kearney, qui ne remettra jamais les pieds dans l'entreprise. Les membres du comité de groupe européen vont accepter la proposition que Luc Oursel va finalement leur faire : plusieurs d'entre eux, accompagnés d'un expert, pourront lire l'accord. Au bout du compte, ils gagneront leur combat contre le partenariat franco-chinois. Les négociations seront abandonnées deux ans plus tard. Jean-Paul Bachmann parlera de « victoire syndicale ». Mais cela ne suffira pas à sauver Areva. Après l'accident de Fukushima, l'Allemagne a arrêté ses centrales à l'atome. Le Japon a mis les siennes au ralenti. La demande mondiale pour l'industrie du nucléaire s'est effondrée. Criblé de déficits, Areva va frôler la faillite. Il faudra que son ennemi juré, EDF, vole à son secours et reprenne sa branche de fabrication de réacteurs nucléaires, l'ex-Framatome. Ainsi, la prophétie d'Henri Proglio sera réalisée. La situation redeviendra celle d'avant la création d'Areva. Et les négociations entre EDF et les Chinois reprendront, sous une autre forme, sur un autre projet, pour la construction de centrales nucléaires en Angleterre.

Jean-Pierre et cinq autres camarades demandent un rendez-vous à la direction. Ils rencontrent plusieurs représentants des ressources humaines. Les mâchoires et les poings serrés, Jean-Pierre prend la parole.

— On espère que personne de l'entreprise n'est mêlé à l'agression de notre militante. C'est bien simple, on ne peut pas l'imaginer. Qu'Areva ou EDF, des sociétés publiques françaises, puissent être mouillées là-dedans... Et en même temps, vu les circonstances et vu le contexte, on ne peut pas l'exclure totalement...

C'est le directeur des ressources humaines, Philippe Vivien, qui s'apprête à quitter l'entreprise quelques jours plus tard, qui répond :

— Jean-Pierre, comment pouvez-vous imaginer une chose pareille ? Areva n'a rien à voir avec tout ça. Vous savez que cela n'est pas possible.

— Alors c'est peut-être des intermédiaires ? Comme dans les frégates de Taïwan ou un truc comme ça ? Areva doit bien utiliser des intermédiaires ?

— Non, non, bien sûr que non.

Jean-Pierre pense que « quelqu'un les a dans le collimateur », il ne peut pas s'ôter cette idée de la tête. Il en parlera aux gendarmes, persuadé qu'ils chercheront la trace d'un intermédiaire, le mode opératoire d'un service étranger. Quelques jours après la rencontre entre les représentants de la CFDT et la direction, la nouvelle DRH, qui a longtemps travaillé sous les ordres d'Henri Proglio chez Veolia, prend Anne Gudefin, la remplaçante de Maureen Kearney au secrétariat de groupe européen, à part dans son bureau. Elle lui fait une confidence.

— Nous pensons que cette agression est l'œuvre d'un intermédiaire qui a fait du zèle.

Qui ce « nous » désigne-t-il ? Quels intermédiaires peuvent bien commettre des choses pareilles ? Elle n'en dira jamais plus. La DRH a l'air secoué. Elle découvre une drôle d'entreprise. Elle n'y restera pas longtemps.

Dans son livre *La femme qui résiste*, Anne Lauvergeon jure elle aussi qu'Areva n'a jamais utilisé d'intermédiaires, mais elle donne tout de même le nom de deux personnes « recommandées » chaudement par Claude Guéant, le bras droit de Nicolas Sarkozy qui pilotait la filière nucléaire depuis l'Élysée. Un consultant spécialisé pour l'Afrique du Sud et Alexandre Djouhri. Rien ne permet d'affirmer que ce dernier s'est intéressé aux contrats franco-chinois. On sait, en revanche, qu'il aurait été quasiment impossible de signer de gros contrats avec la Chine sans commissions. Quelques années auparavant, un ancien dirigeant d'Areva avait été retenu par la police chinoise pendant trois mois dans le cadre d'une opération anticorruption. Les contrats qu'EDF et Areva envisageaient de signer avec CGNPC devaient forcément attiser les convoitises. Une centrale coûte des milliards d'euros et un intermédiaire touche, en moyenne aussi, 5 % du montant. Soit des dizaines de millions d'euros à chaque centrale. Or la Chine projetait de construire 200 centrales…

Mais après le savon passé par Arnaud Montebourg à Luc Oursel, la syndicaliste est devenue un sujet tabou chez Areva. La plupart de ceux qui l'avaient connue ont évité le sujet devant le président et les membres du comité exécutif. Son nom a disparu des conversations.

7

La CFDT demande que la lumière soit faite sur cette agression lâche et abjecte et manifeste son soutien total envers Maureen Kearney, militante d'un grand courage et d'une loyauté totale pour les salariés d'Areva et la défense de leurs intérêts.

Communiqué de la CFDT

La première personne que Gilles appelle, le lendemain de l'agression, c'est Rachid Brihi, l'avocat du comité de groupe européen.

— Est-ce que tu peux venir à la maison, Rachid ? Il s'est passé un truc grave, je t'expliquerai.

Les deux hommes se tutoient, ils ont déjeuné ensemble quelques fois, avec Maureen, dans le quartier des Grands Boulevards, à côté du siège d'Areva et du cabinet de l'avocat. À la suite de cet appel énigmatique, Rachid Brihi a tout de suite pensé à un « truc de barbouze ».

— Ils ont essayé de la flinguer, se dit-il.

Une intuition.

Il saute dans sa voiture et prend la route d'Auffargis. Il arrive dans un bunker. À l'entrée du domicile de la syndicaliste, deux gendarmes s'enquièrent du motif de sa visite. Depuis la veille au soir, la maison est placée sous la protection de la gendarmerie des Yvelines. Deux hommes sont dépêchés, jour et nuit, en relation avec le GIGN, le Groupe d'intervention de la gendarmerie nationale, pour les déplacements de la victime. Les gendarmes ont pris leurs quartiers dans l'ancien studio de Fiona, dans la cour.

Quand Rachid Brihi pousse la porte d'entrée, il ne reconnaît pas tout de suite la personne qui s'approche de lui. Elle a pris vingt ans. La belle énergie qui l'animait a disparu. Ceux qui connaissaient la syndicaliste avant l'agression raconteront tous la même chose. La femme qu'ils avaient connue, combative, tenace, têtue, sensible mais solide, se relevant de tous les coups durs, cette femme-là s'est envolée. Elle n'est plus qu'une poupée de chiffon, une marionnette sans les tiges de bois pour la soutenir. En peignoir, pas coiffée, pas maquillée, elle parle peu, paraît, à certains moments, aussi détachée que si elle avait vécu un simple cambriolage, puis retombe dans un silence mutique.

Gilles prend la parole. Il explique à Rachid Brihi que Maureen a besoin d'un avocat pour suivre son dossier.

— Je ne peux pas m'occuper de vous, Maureen, je ne suis pas pénaliste. Mais je connais quelqu'un de très bien à Versailles. Il s'appelle Olivier Fontibus. On s'est connus quand on était jeunes, on a débuté dans le même cabinet d'avocats. Moi, j'y suis resté, mais lui a fait du droit pénal. Il est maintenant bâtonnier des avocats de Versailles. Il déjeune à la buvette avec le procureur. S'il y a des pressions politiques dans votre dossier, des interférences qui n'ont pas lieu d'être, il me préviendra. Je pense que c'est la bonne personne. Je l'ai déjà prévenu. Appelez-le de ma part.

Rachid Brihi pose les coordonnées du bâtonnier sur la table et s'éclipse rapidement, laissant Maureen sur son canapé et Gilles avec son air désemparé.

Pendant ce temps, l'enquête démarre sur les chapeaux de roues. Le parquet a ouvert une enquête en flagrance pour « violences avec arme, séquestration, actes de torture et barbaries avec arme, viol et menaces sous condition », confiée à la section de recherches de la gendarmerie de Versailles, une des plus importantes brigades de France, après Paris et Marseille. Sa spécialité : les viols, les braquages et les meurtres. L'équipe compte une soixantaine d'enquêteurs formés aux techniques de police judiciaire : investigation, filature, audition, garde à vue. Ce sont des gendarmes, modelés par ce mélange de discipline physique, d'esprit cartésien et de haute idée du service de l'État, mais, contrairement à leurs collègues en képi, ils évoluent en costume civil et se déplacent en voitures banalisées. Leur chef, le colonel Jean-Philippe R., diplômé de l'École de guerre, la plus haute institution pour les officiers de l'armée, est chargé depuis un an de remettre de l'ordre dans cette section dont les résultats sont jugés insuffisants par la hiérarchie. C'est un bel homme, il a de la prestance, le menton fier, les épaules carrées, le cheveu brun et court derrière les oreilles.

La syndicaliste avait tout de suite évoqué les dossiers confidentiels sur lesquels elle travaillait et sa proximité avec Anne Lauvergeon. Les mots « nucléaire » et « contrats internationaux » ont agi comme des sonnettes d'alarme : affaire sensible. De retour à sa brigade, le colonel R. a réuni ses hommes et leur a dit d'interrompre les enquêtes en cours pour se consacrer à l'affaire Maureen Kearney. Il leur a aussi fait cette étrange recommandation :

— La Direction départementale du renseignement intérieur a été informée. Elle va probablement essayer de suivre notre enquête. Donc, à partir de maintenant, vous ne dites rien d'important au téléphone.

Il craint que les services secrets n'espionnent le travail de ses hommes.

Le colonel R. a confié la direction des investigations à l'adjudant Guillaume B. Aussi sec que son supérieur, il a un corps plus ramassé, plus dense, plus fougueux aussi, à l'image des chevaux qu'il a longtemps montés à la Garde républicaine. Cela fait quelques années qu'il a quitté son ancienne garnison pour la section de recherches et il se passionne pour sa nouvelle fonction.

Il a aussitôt lancé l'enquête de voisinage. Sur une carte, il a tracé au feutre un large carré autour du domicile de la victime, englobant la rue de la Chicane, les allées de la Ferme et Thérèse-Lethias et la rue du Fondu. Ses hommes partent sonner aux portes. La plupart des habitants étaient à leur travail le matin.

Personne n'a rien remarqué, sauf M. N., qui habite à deux numéros de là : il a relevé la présence, depuis trois jours, d'un véhicule utilitaire de couleur blanche sérigraphié d'un logo rouge au nom d'une société d'installation de systèmes de sécurité. Vérification faite, elle appartient à un habitant de la rue. Les gendarmes ne vont pas l'interroger, ni vérifier son existence. Ils estiment que les premières investigations n'apportent rien. Aucun témoin.

L'enquête de voisinage se prolonge le lendemain. Séparés en deux groupes, les gendarmes se postent aux endroits stratégiques de la Grande-Rue. D'un côté, le carrefour avec la rue de la Chicane. De l'autre, l'intersection avec la rue du Fondu. Dès 6 heures, ils arrêtent toutes les voitures qui passent. Quatre-vingt-neuf automobilistes interrogés et autant de fiches remplies : nom du conducteur, numéro de téléphone portable, adresse, lieu de travail, immatriculation de la voiture, heure et fréquence de passage. Personne n'a rien remarqué. Aucun témoin.

Au domicile de la syndicaliste, les enquêteurs épluchent les agendas et voient défiler les noms des plus hauts personnages de l'État. 7 décembre 2011 : rendez-vous avec François Hollande au Creusot. 28 novembre et 16 décembre 2011 : rendez-vous avec Arnaud Montebourg. 21 novembre et 20 décembre 2011 : rendez-vous avec Bernard Cazeneuve. Et ça continue à ce rythme sur toute l'année 2012 : Pierre Moscovici, Nicole Bricq, Jean-Vincent Placé, Christophe Sirugue, Jean-Marie Le Guen, Henri Emmanuelli, Alain Rousset, Hervé Marseille… Des pages et des pages de rendez-vous avec des élus de tous bords, dont une bonne partie siège maintenant au gouvernement.

Les enquêteurs emportent aussi les dossiers confidentiels retrouvés un peu partout dans la maison : au salon, sur la table de la cuisine, sur une marche de l'escalier, dans la chambre. Pendant deux jours, ils se plongent dans la masse de documents. Des centaines de pages, dont les accords confidentiels entre EDF, Areva et CGNPC, qu'ils sont un peu surpris de découvrir au domicile de la syndicaliste. Ils établissent un lexique. CGE : comité de groupe européen dont Mme Kearney est la secrétaire. CGNPC : société étatique chinoise responsable de tout ce qui touche au nucléaire pour le nord de la Chine. CPN : conseil de politique nucléaire. En vingt-quatre heures de boulot non-stop, les enquêteurs reconstituent la chronologie des événements telle que l'a vécue la syndicaliste. Cela tient sur deux feuillets.

Avril 2010 : signature d'un accord-cadre secret entre EDF et CGNPC pour développer une filière industrielle chinoise destinée à servir les centrales nucléaires en France et dans le reste du monde. CGNPC se voit offrir la possibilité de rentrer au capital des centrales nucléaires françaises.
Actions de Mme Kearney : courrier de Jean-Marc Ayrault et Bernard Cazeneuve à François Fillon (pas de réponse). Question écrite à Guy Lefrand à l'Assemblée nationale (pas de réponse). Rencontre du comité de groupe européen avec le président d'Areva.

Novembre 2011 : contrairement aux préconisations du conseil de politique nucléaire de février 2011, EDF et CGNPC ont négocié en secret un deuxième accord-cadre, portant sur la création d'une filière industrielle chinoise et, en plus, sur la conception d'un nouveau réacteur de moyenne puissance (1 000 mégawatts).
Avril 2012 : tentative d'EDF d'obtenir l'accord de son conseil d'administration pour signer l'accord secret avec CGNPC.
Actions : 600 courriers envoyés en septembre 2012 aux parlementaires par le CGE. Rencontres avec différents conseillers ministériels. Confusion et informations différentes selon les acteurs rencontrés.
11 octobre 2012 : inquiétudes du CGE transmises à la direction d'Areva sur l'opacité des différents accords. Le président de l'entreprise répond qu'aucun accord n'est signé ou en préparation.
12 octobre 2012 : rencontre avec le conseiller d'un ministre à Bercy en charge du dossier : « Rien n'est signé. Pas de projet de signature dans un avenir proche. »
19 octobre 2012 : signature d'un accord de coopération entre EDF, Areva et CGNPC à Avignon. Pas d'information claire sur le contenu. Les conseillers des différents ministères et de l'Élysée confirment la signature. « Ils veillent aux intérêts d'Areva », sans autre information.
Décembre 2012 : Anne Lauvergeon parle de trahison dans les médias, accusant Luc Oursel de livrer des données stratégiques sur la technologie nucléaire.

Conclusion de Mme Kearney : les injonctions du conseil de politique nucléaire sont fréquemment ignorées. EDF voudrait utiliser la technologie d'Areva dans son seul intérêt : le groupe espère de nombreuses commandes de centrales nucléaires de la part de CGNPC. Les contreparties pour la filière nucléaire française, et en particulier pour Areva, ne sont pas clairement définies. Areva peut être le grand perdant de l'opération.

Dans la foulée, les enquêteurs entament les auditions. Le jour même de l'agression, ils ont perquisitionné le bureau de la syndicaliste, à la SGN, et ont entendu le directeur général et la responsable de la gestion du personnel. Ils apprennent que, quelques années plus tôt, Maureen Kearney a reçu une enveloppe pleine d'excréments. Cela l'avait secouée.

— C'était lié à des dissensions entre syndicats, croit savoir le directeur de la SGN, Patrick Legard. Mme Kearney a été très touchée par cet acte d'intimidation mais elle n'a pas voulu qu'une enquête interne soit menée.

Selon lui, la syndicaliste est unanimement perçue comme une personne « charmante, responsable, à l'écoute, dynamique et souriante ». Les autres membres de la SGN interrogés décrivent une personnalité « chaleureuse, spontanée, généreuse, drôle et fragile vis-à-vis de la méchanceté des autres ».

En quelques jours, les gendarmes convoquent une dizaine de personnes de l'entourage professionnel de la victime. Sa secrétaire, Valérie, leur dresse un tableau complet de la situation :

— Maureen est en première ligne, face à la direction d'Areva, au nom des treize membres du comité de groupe européen. Dernièrement, je sais qu'elle cherchait à obtenir l'accord signé le 19 octobre entre Areva, EDF et le groupe chinois CGNPC. Les syndicats s'inquiètent qu'Areva fournisse son savoir-faire à la Chine et qu'à terme ce pays maîtrise la construction de centrales nucléaires. La Chine deviendrait alors un concurrent direct d'Areva. Il y a eu plusieurs altercations entre Maureen et Luc Oursel à ce sujet. En novembre et, la dernière, le 13 décembre. Le lendemain, j'ai eu Maureen au téléphone qui n'était pas bien du tout à cause de cet échange. Elle pleurait, elle m'a demandé d'annuler ses cours d'anglais qu'elle donnait par téléphone depuis son entorse à la cheville. Je l'ai sentie très perturbée.

— Pensez-vous que cette agression puisse avoir un lien avec cette histoire de contrat chinois ?

— Oui, c'est possible. Elle m'a dit qu'elle avait reçu des menaces.

Même écho du côté de Françoise, une déléguée CFDT qui connaît Maureen depuis dix ans :

— Ces deux dernières semaines, Maureen m'a dit qu'elle avait l'impression d'être surveillée. Elle était incapable de préciser par qui, mais c'est un sentiment qu'elle avait. Je ne vois pas ce que Maureen aurait pu faire pour attirer les foudres de quelqu'un qui serait arrivé à cette extrémité. On pourrait penser que cette agression a un lien avec son action de syndicaliste et les contrats EDF/Areva/CGNPC. Mais j'imagine mal de grands groupes s'abaisser à de tels actes pour faire pression sur un salarié. Le combat de Maureen devait gêner autant Areva qu'EDF qui est davantage tourné vers l'export. Ces derniers temps, Maureen manquait de recul par rapport à ses problèmes professionnels, c'était son unique sujet de conversation, à la limite de l'obsession. Je me demande jusqu'où cela va aller, j'ai peur pour son intégrité physique.

— Tous les jours, elle m'appelait pour parler d'Areva, poursuit son ami François Martinez. Ces derniers temps, elle avait peur, j'en suis sûr. Elle m'a dit à plusieurs reprises : « Luc Oursel me fait peur. » Toute cette affaire lui faisait craindre pour son avenir professionnel, elle craignait de perdre son travail. Elle était très perturbée, je ne l'avais jamais vue comme ça. Je suis stupéfait de son agression. Mais au vu de ses peurs et de ses craintes, je n'en suis pas réellement surpris.

Anne Gudefin, l'ingénieure qui a succédé à Maureen au comité de groupe européen, est interrogée par les gendarmes :

— Que pensez-vous de cette agression ?

— Je pense qu'il s'agit d'une tentative d'intimidation. Maureen doit gêner quelqu'un que nous n'arrivons pas à identifier. Cela dit, vu la méthode employée, je ne vois vraiment pas qui, à l'intérieur du groupe, pourrait lui porter atteinte de cette manière.

Jacky Masdebail, le membre du bureau qui s'occupait avec Maureen des contrats franco-chinois, est un des derniers entendus. Il confirme les dires de ses camarades :

— Grâce à la pugnacité et à la persévérance de Maureen, le comité de groupe européen a obtenu la communication de l'ensemble des éléments relatifs aux négociations avec les Chinois. Notre peur, c'est que le travail intellectuel et la production soient un jour réalisés en Chine.

Chaque soir, la section de recherches rend compte des avancées de l'enquête à Vincent Lesclous, qui informe le procureur général de la cour d'appel de Paris, qui avertit la directrice des affaires criminelles et des grâces du ministère de la Justice. Chaîne hiérarchique classique pour les « affaires sensibles ». Mais l'attention portée en haut lieu à ce dossier place le procureur de Versailles dans l'obligation d'obtenir des résultats rapides.

— Poursuivez, dit-il aux gendarmes, et tenez-moi informé de tout nouvel élément. Je voudrais ouvrir une instruction au plus vite, si possible début janvier, et confier le dossier à un juge. Il faut aussi que vous entendiez Mme Lauvergeon, ajoute-t-il.

L'audition de l'ancienne présidente d'Areva, deux jours après l'agression, est très courte. Son compte-rendu tient sur une page et demie.

— Quelles relations entretenez-vous avec Mme Kearney ? demandent les enquêteurs pour démarrer.

— Notre relation est toujours restée professionnelle, je n'entretiens pas particulièrement de relation privée avec Mme Kearney, même si nous avons maintenu un lien de sympathie après mon départ de la société Areva. Je pourrais décrire cette personne comme sympathique, simple, de caractère fort, sans recherche du pouvoir, mais avec un certain côté fragile, qui nécessite qu'elle se sente soutenue. Elle ne cherche pas à se mettre en lumière et n'a jamais mis en avant ses relations politiques. C'est une travailleuse acharnée qui ne s'épargne pas dans ses fonctions. Elle a une haute vision de son devoir syndical.

— Est-ce que Mme Kearney vous a fait part des pressions dont elle aurait fait l'objet dans le cadre de ses fonctions syndicales ?

— Elle m'a indiqué que ses fonctions étaient très dures à assumer, en particulier sur l'affaire Chine. Cette pression, qui était déjà très forte, s'est accentuée en septembre et octobre 2012 après la parution dans la presse d'articles faisant état d'un accord entre EDF et la Chine. Je n'ai aucun élément sur la façon dont les renseignements ont été fournis à la presse. Elle a demandé des explications. Cet accord l'a beaucoup choquée, moi de même, puisqu'il est contraire aux intérêts nucléaires français.

— Pensez-vous que l'agression dont a été victime Mme Kearney pourrait vous viser indirectement ?

— Non. Il m'est arrivé, sur la période 2009-2012, de subir des pressions psychologiques et morales, mais jamais physiques.

Pour qui connaît l'histoire, l'allusion est transparente. 2009 : nomination d'Henri Proglio à la tête d'EDF. 2012 : élection de François Hollande qui met Proglio sous surveillance. Mais sans ces clés, impossible de comprendre. Anne Lauvergeon n'a rien dit des coups de fil anonymes, des invectives d'Alexandre Djouhri, de la surveillance dont elle se croyait la cible. Chose étrange, les gendarmes ne lui ont pas demandé si l'agression pouvait être liée aux activités syndicales de Maureen Kearney, ni qui, à sa connaissance, pouvait être capable de faire une chose pareille.

Juste après son audition, l'ancienne reine d'Areva a invité la syndicaliste et son mari à déjeuner. Maureen et Gilles se sont éclipsés sans prévenir le GIGN, contrairement aux consignes, et ont conduit jusqu'au domicile d'Anne Lauvergeon, dans le 16e arrondissement. Ils ont laissé leur voiture au parking et sont ressortis à l'arrière du véhicule d'Anne Lauvergeon conduit par son chauffeur. Direction le Bristol où un petit salon à l'abri des regards a été réservé. Rentré à Auffargis, le couple Hugo a à peine eu le temps de sortir de la voiture qu'un des gendarmes en faction a foncé sur eux :

— Pourquoi nous avez-vous caché que vous alliez à Paris ? On sait que vous avez vu Mme Lauvergeon !

Cette réflexion a encore plus effrayé la syndicaliste qui s'est sentie épiée. Elle ne se doutait pas qu'elle ne reverrait jamais la reine Anne. C'est son chauffeur, désormais, qui prendrait de ses nouvelles.

À l'issue de ces journées d'auditions à la chaîne, l'adjudant Guillaume B. note :

Toutes les personnes questionnées confirment l'évocation par Maureen Kearney d'une pression profes-

sionnelle grandissante. Toutes semblent très étonnées par cette agression et jugent improbable l'implication d'Areva dans celle-ci. Mme Lauvergeon, ex-présidente du groupe avec laquelle Mme Kearney-Hugo a par ailleurs gardé des liens, est également du même avis. Son audition n'a apporté aucun élément utile à l'enquête.

8

> *Attendu, s'agissant des constatations matérielles, que l'enquête approfondie ne démontre pas la présence d'un tiers dans le domicile de Mme Kearney,*
> *Qu'en effet, les objets utilisés pour commettre l'agression ont été trouvés sur place (scotch, bonnet, couteau),*
> *Qu'aucun ADN ni aucune empreinte digitale autre que ceux de Mme Kearney, son mari ou sa femme de ménage n'ont été découverts, ni même une trace de gant…*

Vingt-quatre scellés ont été envoyés au laboratoire pour des recherches d'empreintes et d'ADN. La police scientifique a saisi le bonnet de marque Prada qui couvrait la tête de la victime, le couteau et les multiples bouts de scotch éparpillés dans le salon.

En fouillant la remise, à côté de la cuisine, les gendarmes ont eu la surprise de trouver sur la deuxième étagère en partant du bas, derrière les vélos, une caisse en plastique rouge remplie de rouleaux de scotch et marquée : « Gilles scotch adhésif. » Ils ont emporté la caisse dans la cuisine et vidé le contenu sur la table : treize rouleaux de tailles et de natures différentes. Dont plusieurs de type double face, avec une face marron à détacher et une face blanche collante. Exactement celui retrouvé sur Maureen Kearney. En découvrant ces rouleaux, les gendarmes pensent immédiatement, sans laisser la moindre place au doute, que ce scotch est celui qui a servi à attacher la victime. Ils ne chercheront pas à vérifier cette hypothèse. Pour eux, c'est une évidence, un fait objectif.

Ce qui soulève un problème. Pour s'emparer de ce scotch, l'agresseur a dû fouiller la maison, se déplacer au rez-de-chaussée, passer par la cuisine, entrer dans la remise, déplacer les vélos, faire du bruit. Comment se fait-il que Maureen n'ait rien vu ni rien entendu ? Que le chien n'ait pas réagi ? Certes, la télévision était allumée, mais le son était-il suffisamment fort pour couvrir les déplacements de l'individu ?

À aucun moment les gendarmes n'envisagent que ce dernier ait effectué des repérages, qu'il ait surveillé la maison, s'y soit introduit et ait pris son matériel sur place. Ou qu'il s'agisse d'un tout autre adhésif, même si le modèle double face ne paraît pas le plus adapté pour attacher quelqu'un.

Non. Pour trouver ce scotch, il fallait bien connaître la maison. Et donc y habiter. Voilà ce que les gendarmes déduisent. Ne serait-ce pas la syndicaliste elle-même qui l'aurait pris pour s'entraver ?

C'est une piste.

L'après-midi suivant la visite de Rachid Brihi, Maureen Kearney s'est rendue au centre hospitalier de Versailles pour un examen médical. Le deuxième en deux jours. Gilles, son mari, l'accompagne. Le docteur P. la reçoit à 14 heures. « Bonjour madame, asseyez-vous, présentez-vous, racontez-moi ce qu'il s'est passé. » Sur la feuille réglementaire, il coche les cases avec application. Nombre d'agresseurs : 1, inconnu, masculin. Contraintes : verbales oui, physiques oui (sparadrap sur la bouche, attachée à une chaise, mains liées par un ruban adhésif dans le dos, bonnet lui couvrant les yeux). Armes : oui, couteau. Perte de connaissance : non.

Cette dernière note est surprenante parce que la syndicaliste a indiqué, à plusieurs reprises, qu'elle avait eu des « blancs » avant l'arrivée de la femme de ménage.

Le docteur P. poursuit. Sous la case « présentation de la victime », à la rubrique « comportement », il écrit : « remarquablement calme ». Ce qui, pour le premier médecin, avait été perçu comme une réaction normale de dépersonnalisation à un traumatisme devient sous sa plume « un détachement inadapté ». « Elle a eu peur de mourir et, dans le même temps, décrit une incapacité de se défendre, se débattre, avec le sentiment d'assister à la scène de l'agression plus que de la subir. Discours clair mais avec des détails qu'elle ne peut préciser. »

Arrive l'examen clinique. Le médecin remarque « l'absence de lésion faciale, notamment de la région buccale et péribuccale. L'absence de lésion des poignets ainsi que des chevilles ». Des « plaies linéaires superficielles » entre le nombril et la région pelvienne formant un « A », d'environ 10 centimètres de large sur 6 centimètres de haut. Chaque jambe du « A » est composée d'une douzaine de traits faits à la pointe d'un couteau sans lever la main, par une série d'allers-retours, comme une rature. Cinq traits constituent la barre transversale du A. Le médecin fait asseoir la victime sur le bord de la table d'examen, les jambes pendantes (et pas sur une chaise, comme lors de l'agression). Il observe que « la partie la plus inférieure des plaies disparaît au fond d'un repli cutané abdominal en position assise. Aussi, précise-t-il, ces plaies ont été faites dans une position allongée ou en tendant la peau en la remontant vers le haut. Sinon, sans déplisser la peau, cela eût coupé plus profondément la peau ».

Il termine par l'examen gynécologique. « Déshabillez-vous, écartez les jambes, placez les pieds dans l'étrier. » Observation des lèvres, introduction du spéculum, écartement, aperçu de la cavité vaginale. Il conclut : « On note l'absence de lésion génitale, notamment sur sa partie inférieure, qui serait la zone la plus exposée dans une pénétration intravaginale en position assise stricte (au fond de la chaise en quelque sorte). » Et ajoute : « *sauf état de sidération psychologique*, il est surprenant que le couteau n'ait pas été expulsé du vagin et puisse rester *in situ* pendant environ cinq heures ».

En résumé : les faits tels que décrits par la syndicaliste apparaissent peu vraisemblables au médecin. Le couteau aurait dû être expulsé. Le scotch aurait dû laisser des traces sur son corps. Et si la syndicaliste s'était ligotée elle-même et avait simulé son agression juste avant l'arrivée de la femme de ménage ?

C'est une piste.

À la lecture du rapport médical, l'adjudant Guillaume B. se prend à douter. Barrages routiers, enquête de voisinage, perquisitions au domicile de la victime et à son lieu de travail, premières auditions, analyses de documents. Des filets ont été lancés dans tous les sens, mais la pêche est bien maigre. Pas de témoins, pas de traces, pas d'indices. Ils ont vérifié toutes les connexions téléphoniques autour du domicile de la victime entre 4 et 10 heures du matin. Ils n'ont rien repéré d'inhabituel. Ils ont aussi interrogé le fichier JUDEX (système judiciaire de documentation et d'exploitation), pour opérer des rapprochements avec des agressions similaires, de type séquestrations à domicile, viols avec un couteau, scarifications, ainsi que le fichier FIJAIS (fichier judiciaire automatisé des auteurs d'infractions sexuelles), afin de connaître les individus ayant déjà été condamnés pour des agressions sexuelles, présents dans la région d'Auffargis au moment des faits. L'équipe attend encore les résultats.

Mais le scénario de l'agression ne colle pas. Un individu que personne n'a vu, qui s'introduit sans que la victime ne l'entende ; qui n'amène pas son matériel, et prend le risque d'aller chercher du scotch dans la remise, de saisir un bonnet noir accroché à une patère devant la salle de bains ; qui ne blesse pas la chair, mais se contente d'égratigner le ventre ; qui utilise de la margarine pour introduire le manche en douceur. Autant d'incohérences qui contredisent la version de la syndicaliste. La première expertise a instillé le doute.

— Organisez un second examen avec un autre médecin de l'unité médico-judiciaire, ordonne le procureur Vincent Lesclous le jour où l'adjudant partage avec lui ses réflexions. Et poursuivez les auditions.

Le lendemain, Maureen Kearney retourne donc à l'unité médico-judiciaire des Yvelines. Un médecin expert a été missionné pour une « remise en situation » de l'agression. La syndicaliste n'a pas été prévenue qu'il s'agirait d'une reconstitution, ou elle n'a pas compris. Pour la troisième fois en quelques jours, elle subit un examen approfondi. « Bonjour madame, asseyez-vous, déshabillez-vous, ouvrez les jambes, je vais introduire un spéculum de 8 centimètres dans votre vagin, de la même taille que le manche du couteau, détendez-vous. » L'expert constate : « La remise en situation et l'examen gynécologique avec pose d'un spéculum de taille comparable en largeur au manche de couteau présenté a permis de démontrer la possibilité d'introduction d'un manche de couteau en intravaginale chez un sujet en position assise telle que décrite par la victime, *avec une réserve* : l'aide d'au moins une main pour faciliter le geste d'introduction par l'autre maintenant le couteau et l'utilisation de lubrifiant pour la pénétration du manche sans blessure vulvaire ou vaginale. »

Il ajoute : les « lacérations » sur le ventre sont « telles qu'on en retrouve dans les gestes d'automutilation, mais peuvent avoir été produites par un tiers sur une personne immobile. Elles ont pu être produites sur le sujet assis (peau plus ou moins déplissée) ou allongé ».

Ce second rapport est moins affirmatif, plus nuancé que le premier. Mais le doute s'est installé.

Et si la syndicaliste n'était pas la victime qu'elle prétend être ?

Quelques jours avant Noël, les gendarmes convoquent la syndicaliste et son mari qui se demandent pourquoi on les interroge à nouveau. Gilles a déjà été entendu, longuement, l'après-midi de l'agression. Il leur a dit que Maureen subissait d'énormes tensions à son travail. La veille de l'agression, il est allé à Rambouillet, à la pharmacie de garde, pour chercher des médicaments, antidépresseurs et calmants, prescrits par le psychiatre, parce que Maureen craquait. Cela faisait longtemps qu'elle se pensait surveillée et se méfiait du téléphone.

— Il y a trois ou quatre ans, les Renseignements généraux l'ont invitée à déjeuner et lui ont dit qu'à cause de ses fonctions elle était connue et suivie par les services.

Mais depuis quelques semaines, ses craintes avaient pris une tout autre ampleur. Même leurs enfants avaient eu le sentiment d'être suivis.

— Fin octobre, il m'a semblé qu'une voiture m'a suivie d'Auffargis à Paris, a raconté Fiona aux gendarmes. Il s'agissait d'une Laguna ou d'une Safrane. Le lendemain, à la sortie de mon appartement, j'ai revu cette voiture qui semblait de nouveau me suivre. Ensuite, je suis allée à Versailles, je l'ai encore vue.

La veille de l'agression de sa mère, alors qu'il fumait une cigarette à sa fenêtre, Neil a lui aussi remarqué une Citroën restée très longtemps stationnée en bas de chez lui. Cette présence l'avait suffisamment intrigué pour qu'il en parle à son beau-père, Gilles, et à l'associé de ce dernier, qui a placé les disques durs de leur société Silence ! au coffre le jour de l'agression et a débranché les ordinateurs d'Internet.

— Mis en relation avec l'agression de Maureen, on pouvait penser que quelqu'un en voulait à la famille et nous observait, a-t-il expliqué aux gendarmes.

Un peu de paranoïa, se disent les enquêteurs. Des impressions, des sentiments. On n'enquête pas sur du vent. En ce moment, ce sont les morceaux de scotch qui les intéressent. Ils veulent interroger Gilles là-dessus. Au passage, ils commencent à instiller le doute dans sa tête.

— Oui, le scotch utilisé pour retenir mon épouse pourrait correspondre à celui que j'utilise au sein de ma société, acquiesce Gilles. Le dimanche avant l'agression, j'ai sorti ma caisse avec les adhésifs dedans, mais je suis certain de l'avoir remise à sa place dans le garage. Je ne suis pas retourné au garage depuis et je ne peux pas vous dire si elle a été bougée, manipulée ou fouillée.

Avec Maureen, les gendarmes essaient autre chose : ils lui demandent de raconter son agression à rebours, de la fin vers le début. Il arrive que les suspects, déroutés, se contredisent. La syndicaliste se prête à l'exercice et livre un étrange récit, un genre de poème surréaliste :

Maria arrive, il y avait des heures qui étaient passées avant qu'elle arrive
Je pense à mes petits-enfants
Je n'arrive pas à comprendre
Il y a cette éternité
Il est quelle heure, ça fait une heure, ça fait deux heures, impossible d'avoir le temps
Il va revenir, il va pas revenir
Il est parti
J'entends son manteau faire une espèce de bruit quand il bouge
L'objet dans le vagin
Il va m'éventrer
Que fait-il ? Que veut-il ?
Il m'a pas tuée
Il va pas me tuer
J'ai très mal au bras à cause de mon épaule
J'essaie de bouger sur la chaise qui est très lourde
Je fais marche arrière
Je passe devant la table de la salle à manger
Assise sur les toilettes
Que veut-il ?
Pourquoi je ne me suis pas battue ?

Le truc sur la bouche le chapeau le bonnet
Je me brosse les dents
Je monte les escaliers
Je me rappelle plus quand je me suis maquillée,
avant ou après m'être habillée
Je ne me rappelle pas si j'ai attaché mes cheveux
Je suis en bas, je bois pas mal de thé
J'écoute BFM à fond

L'interrogatoire dure deux heures mais Maureen Kearney ne varie pas dans ses déclarations. Au lieu de cela, elle se confie aux gendarmes, comme elle parlerait à son psy, un long monologue intérieur dont elle donnerait à entendre des bribes :

— Lundi et mardi, je me sentais distante. Hier, j'allais très, très mal, j'étais très angoissée. J'ai l'impression que ma vie a commencé lundi, et qu'il n'y avait rien avant. Le médecin qui m'a auscultée à Rambouillet m'a dit que la lettre « A » sur mon ventre devait avoir un rapport avec la personne qui m'a fait ça. Je ne cesse de penser que cela doit être un Albert. J'en connais deux, mais ils ne peuvent pas avoir de rapport avec cette affaire. Je peux vous dire que si ma femme de ménage n'avait pas appelé mon mari et les gendarmes, moi, je ne vous aurais jamais prévenus. J'aurais tout laissé tomber, mon boulot et tout. J'ai vécu une belle histoire, j'ai construit un beau réseau, j'avais de beaux contacts avec les parlementaires, mais c'est fini. Vous savez, ces accords avec la Chine sont dramatiques.

Une mécanique s'est enclenchée qui ne s'arrêtera plus. La conviction qu'elle a inventée, la volonté de la faire craquer. Alors les gendarmes insistent encore et encore :

— Lorsque l'homme vous recouvre les yeux, n'essayez-vous pas de vous défendre ?

— Je n'ai pas pu crier, j'avais trop peur, qui aurait pu m'entendre ? Je me suis dit qu'il fallait apaiser.

— Avez-vous vu quelque chose dans le miroir de la salle de bains ?

— Non, je n'ai rien vu.

— Le chien était-il dans la maison ? S'est-il manifesté ?

— Oui, il était là, mais je ne l'ai pas entendu. C'est un chien malade et aveugle, qui n'est pas bien.

— Après le départ de votre agresseur, avez-vous tenté de vous libérer de vos liens, de bouger de la chaise ?

— Mes jambes étaient coincées, je ne pouvais pas les bouger. J'ai réussi à détendre un peu les liens de mes mains mais pas assez pour me libérer. J'ai perdu un peu connaissance, j'ai eu comme des sursauts.

Cette histoire de chien qui n'aboie pas, de miroir dans lequel Maureen ne regarde pas, de liens qu'elle a détendus sans réussir à se détacher vont empoisonner l'instruction pendant des années. Sans que personne tienne compte des explications données par Maureen Kearney ce jour-là.

9

Attendu qu'elle a évoqué des menaces téléphoniques dont elle aurait fait l'objet en septembre ou octobre,
Et qu'elle aurait immédiatement fait le lien avec l'accord passé avec la Chine,
Que des investigations nombreuses en matière de téléphonie ont été ordonnées,
Qu'aucune trace d'appel de menaces n'a été retrouvée sur ses téléphones…

Pas de « Noël des amis » à Auffargis cet hiver-là. D'ordinaire, les Hugo réunissent leur cercle proche juste avant le 24 décembre. On dîne et on s'offre des cadeaux dans un joyeux bazar. La date était fixée au 15 décembre mais a été annulée par Maureen au dernier moment. Pas le courage, entre sa cheville foulée, son épaule douloureuse, la fatigue et les soucis au travail. Non, pas l'énergie. Passé le 17 décembre, bien sûr, il n'a plus été question de grande fête à la maison. Des gens sont venus leur rendre visite, mais par petits groupes. Trop de monde, et Maureen se met à angoisser. Maintenant, elle se couche à 21 heures mais ne dort pas. Elle laisse les lumières allumées et verrouille les portes. Elle raconte que son vieux chien aveugle, qui n'aboie plus depuis longtemps, urine tous les jours dans la salle de bains du rez-de-chaussée, au bout du couloir, là où elle se brossait les dents quand son agresseur l'a surprise.

Le samedi suivant l'agression, Véronique a débarqué du Tarn-et-Garonne où elle vit depuis la mort de son mari. Quand elle a poussé la porte de la maison, elle a sursauté : les chaises avaient disparu. Maureen avait demandé à Gilles de les jeter. La veille, le couple avait reçu trois collègues de la CFDT à dîner. Ils avaient apporté un tas de feuilles avec des mots de soutien et d'encouragement signés de salariés d'Areva. En l'absence de chaises, les invités s'étaient dispersés sur le canapé et les fauteuils du salon. Ils avaient parlé de l'agression, puis la discussion avait roulé sur d'autres sujets. Maureen avait la tête de quelqu'un qui n'a pas dormi depuis plusieurs nuits mais elle semblait heureuse de voir ses amis. Au moment de les raccompagner à la porte, elle avait paru optimiste :

— La vie va peut-être reprendre son cours normalement.

Mais la vie ne reprend pas. Un ressort s'est cassé qu'on ne peut pas retendre. Une pulsion de vie. Une envie. Elle dit qu'elle ne voit pas qui a pu lui faire ça. Qu'on ne trouvera jamais, et cette idée déclenche de terribles crises d'angoisse. Le soir, elle a l'impression qu'il est encore là, dehors, à attendre, à guetter.

Elle ne veut pas rester seule et n'ose plus sortir de chez elle. Véronique ne la quitte pas pendant un mois. L'emmène chez le médecin, faire des courses, la conduit à ses rendez-vous. Un jour, elles passent devant un magasin de perruques.

— Arrête-toi là ! s'écrie Maureen.

Elle s'achète une longue perruque rousse et bouclée. Elle la mettra pour sortir de la maison.

Maureen ne se plaint jamais, ce n'est pas dans son caractère. Quand elle ne va pas bien, elle n'en dit rien, elle prend sur elle. Elle ne raconte à personne les détails de l'agression. En revanche, elle passe des heures à échafauder des hypothèses avec Véronique. C'est une manière d'éloigner le drame, qui devient juste un sujet d'interrogation. Qui a pu faire ça, pourquoi, dans quel but ? Pourquoi est-il venu sans son matériel ? Pourquoi a-t-il pris le scotch dans la remise ? Cela paraît contradictoire avec l'hypothèse d'un professionnel aguerri. Mais n'est-ce pas, justement, le but recherché : brouiller les pistes ?

— Moi ça me dépasse, les difficultés à ton travail, répète Véronique, une mèche de cheveux poivre et sel lui tombant sur les yeux. Mais c'est vrai qu'avec les menaces dont tu m'avais parlé, tout ramène à Areva. Mais les scarifications en forme de « A », c'est un peu trop évident comme dénonciation, tu ne trouves pas ?

Maureen est d'accord : le coup du « A » est un peu gros. Elles échafaudent d'autres hypothèses. Et si c'était « A » comme avertissement ? Ou « A » comme agression ?

Le jour de Noël, Véronique est convoquée à la gendarmerie de Versailles. Véronique est une femme réservée, qui n'aime pas déranger les autres ni poser des questions indiscrètes. Elle est là, on peut compter sur elle, elle écoute. Mais elle ne se sent pas à l'aise à l'oral. Cependant, quand elle se présente à la section de recherches de Versailles, elle est en confiance, elle se lâche, elle pense que les gendarmes n'ont qu'une idée en tête, retrouver celui qui a fait ça à son amie. Comment pourrait-il en être autrement ? Elle ne peut pas deviner que les deux expertises médico-légales ont imprimé le doute dans l'esprit des enquêteurs. Elle ne sait pas que le couteau aurait dû être expulsé du vagin. Elle ne sait pas qu'il aurait fallu tirer le ventre vers le haut pour tracer le « A » rectiligne. *A posteriori*, elle s'en voudra terriblement d'avoir été si naïve, si confiante, elle qui l'est si peu de nature.

Toutes ces « incohérences », elle aurait pourtant pu les expliquer aux gendarmes s'ils l'avaient questionnée. Le couteau ? Maureen était à moitié dans les pommes. Elle était persuadée que l'homme voulait la tuer. Elle avait l'impression très nette qu'il lui avait ouvert le ventre et que ses intestins en étaient sortis. Elle sentait la chaleur de ses boyaux sur ses genoux. Elle sentait leur poids sur ses jambes. Elle avait l'impression de flotter au-dessus de son corps. N'est-ce pas cet état de choc, de sidération mentale, évoqué par le second expert ?

Et le « A » : plus tard, Véronique sera convaincue que Maureen, incapable de coudre un bouton, serait bien en peine de tracer des barres de lettre bien droites, sans dévier une seule fois, tout en tendant la peau du ventre, une douzaine de traits pour chaque côté du chapeau, la moitié pour la transversale. Il faut être de face pour obtenir des traits aussi rectilignes.

— Je suis graphiste, je m'y connais en calligraphie, quand bien même il s'agit de la pointe d'un couteau sur la peau d'un ventre, ressassera-t-elle.

Mais au moment de se présenter à la gendarmerie, Véronique ne sait rien de tout cela. Du coup, elle partage avec les gendarmes ses interrogations. La chaise, le scotch, le bonnet, oui, c'est bizarre, « c'est troublant que l'agresseur ait pris des affaires sur place », leur livre-t-elle, sans soupçonner la manière dont les enquêteurs l'entendent : une confirmation de leurs propres doutes.

— Quand vous en avez parlé avec Maureen, à quelle conclusion êtes-vous arrivées ?

— Nous n'arrivons pas à une conclusion évidente. Nos déductions nous emmènent dans tous les sens. Il y a peut-être une contradiction, apparente, entre le fait que l'agresseur se serve de choses trouvées sur place et la phrase : « C'est le deuxième avertissement, il n'y en aura pas de troisième. »

Avant qu'elle parte, les gendarmes pressent Véronique de retrouver la date à laquelle Maureen lui a parlé des menaces. Elle a fini par lâcher :

— Ce devait être autour du week-end du 6-7 octobre, soit une semaine avant, soit une semaine après.

Ces menaces, Maureen en a parlé à tout le monde : à Gilles, à ses enfants, Neil et Fiona, à ses amis, François et Jean-Pierre, à d'autres collègues d'Areva et d'EDF, et même au directeur des ressources humaines d'Areva, Philippe Vivien. Elle avait reçu un coup de fil un matin, et une voix d'homme lui avait dit dans un français sans accent :

— Mêlez-vous de vos affaires, arrêtez de mettre votre nez partout.

Maureen avait eu l'air « terrorisée » par cet appel.

— Ma mère n'en a pas dormi pendant une semaine, se souvient Fiona.

Oui, mais personne n'arrive à se souvenir de la date. Était-ce quelques semaines plus tôt ? En octobre ? En septembre ? Avant l'été ? En début d'année, voire fin 2011 ? Un samedi ou un dimanche ? Plus les gendarmes entendent de témoins, plus la réalité de ces menaces s'éloigne. Comme dans un rêve, quand on tend la main pour attraper un objet et qu'il se dérobe. Les enquêteurs auraient bien besoin d'une précision, raison pour laquelle ils pressent Véronique.

— Oui, mais je n'étais pas sûre de la date ! s'exclamera Véronique à la barre du tribunal correctionnel de Versailles le jour du procès.

— Pourtant vous aviez prêté serment, l'a grondée la présidente.

— Mais je voulais aider mon amie, donner une piste pour l'enquête, a gémi Véronique.

Elle s'en voulait tellement.

Les gendarmes ont fini par entrer des critères un peu arbitraires dans leur logiciel d'analyse de la téléphonie : ils ont cherché un appel d'une durée inférieure à 20 secondes provenant d'un numéro inconnu, n'ayant appelé qu'une seule fois. Pourquoi 20 secondes, plutôt que 21,30 ou une minute ? Et si la personne avait appelé deux fois, la première fois pour vérifier que c'était le bon numéro et la seconde pour laisser le message ? Il fallait bien limiter la recherche.

Aucun appel de menace n'a été retrouvé par les gendarmes.

Dans la presse, la guerre nucléaire a repris. Le 26 décembre, *Le Canard enchaîné* révèle une information explosive : lors du conseil de politique nucléaire de fin septembre, trois mois plus tôt, le président de la République, François Hollande, a demandé à l'Inspection générale des finances d'enquêter sur la manière dont EDF a négocié en solo ses accords avec CGNPC. A-t-il respecté les règles de « bonne gouvernance » ? La direction d'EDF a-t-elle suffisamment tenu informé son actionnaire principal, l'État, de ses intentions ? Le même jour, François Hollande a aussi commandé une enquête à la DGSE, la Direction générale de la sécurité extérieure, sur des soupçons de collusion avec la Chine au plus haut niveau de la hiérarchie d'EDF. Les interrogations portent surtout sur Hervé Machenaud, le bras droit d'Henri Proglio. Même les cadres de l'entreprise s'interrogent sur son immense proximité avec la Chine :

— Il a l'esprit sinisé, dit-on dans les couloirs.

Un article de Matthieu Pechberty, dans *Le Journal du dimanche*, intitulé « Le Chinois d'EDF », révèle qu'Hervé Machenaud vit la moitié de l'année à Pékin. Son épouse, surnommée « l'impératrice » pour son entregent, a ouvert une galerie d'art très bien située sur la place Tian'anmen. Lui-même connaît personnellement plusieurs dignitaires du parti. Il ne dément pas avoir fréquenté l'École centrale du Parti communiste chinois. Henri Proglio aurait-il placé sa confiance dans la mauvaise personne ? *Le Canard enchaîné*, de son côté, spécule sur un éventuel limogeage du P-DG d'EDF. L'hebdomadaire satirique rappelle que François Hollande a répété durant la campagne, à de multiples reprises, devant témoins qu'il ne serait pas possible de garder Henri Proglio à la tête d'EDF.

— Si les enquêtes en cours concluaient à la « trahison », Henri Proglio pourrait bien être victime du feu nucléaire de l'Élysée, écrit *Le Canard.*

Le lendemain, *Libération* titre : « France-Chine, un secret d'État. Un accord sur le nucléaire a été conclu en octobre et en catimini entre Areva, EDF et Pékin. Le texte n'a jamais été rendu public. » Le quotidien dévoile également l'existence du « A » laissé par son agresseur sur le ventre de Maureen Kearney. « A comme Areva ? » s'interrogent les journalistes qui citent « une source proche du dossier » : il faut être très prudent. Cette inscription, c'est tellement gros que ça ressemble à une manipulation, genre « Omar m'a tuer ». Un responsable syndical d'Areva s'indigne : « Cet acte n'est plus une menace, ni un avertissement, mais une vraie déclaration de guerre. On a dérangé quelque chose, mais on ne sait pas quoi. »

Le contre-feu ne tarde pas. Dans la journée, le service de presse d'Areva envoie un message d'avertissement à tous les journalistes qui écrivent sur l'affaire : quiconque évoquera un possible lien entre Areva et l'agression sera poursuivi en diffamation. Le même jour, France Info évoque, pour la première fois, des « incohérences entre la version de la victime et les premiers éléments matériels de l'enquête, mais aucune hypothèse n'est écartée par les gendarmes ». D'où viennent les fuites ? De la gendarmerie ? Du parquet ? De la chancellerie ? De la direction d'Areva ou d'EDF ? S'agit-il de fragiliser Maureen Kearney ? De semer le doute dans son entourage ?

Pour l'instant, cela ne prend pas. Dernier témoin entendu par les gendarmes, le 29 décembre, Mireille, une amie, ne flanche pas. Elle connaît Gilles depuis trente-cinq ans et passe une partie de ses vacances d'été avec le couple. Quand son mari est mort, les Hugo se sont occupés des démarches administratives et se sont installés chez elle pendant deux semaines. Des amis vraiment fidèles.

— Avez-vous abordé le sujet d'une agression simulée, comme il en a été question dans la presse ? lui demande le gendarme.

— J'ai eu l'occasion d'évoquer le sujet avec Maureen hier au téléphone. Elle était très en colère quand elle a lu l'article. À mon avis, et très objectivement, c'est quelqu'un de trop droit pour envisager de faire croire à une agression. C'est une battante. Elle ne verse pas dans l'art de la manipulation.

Les gendarmes notent, mais n'entendent pas. Ils retranscrivent scrupuleusement les déclarations des différents témoins, sur l'aversion de Maureen pour le mensonge, sur son caractère franc et droit. Mais à leurs yeux, ce ne sont que des mots, expression de l'affection éprouvée par ceux qui les prononcent envers la syndicaliste. Ces mots n'ont pas de valeur objective. Ils ne pèsent rien au regard des faits. Et les faits sont là : le récit de la syndicaliste ne colle pas aux constatations matérielles. Le scotch a été trouvé chez elle, il n'a laissé aucune lésion sur ses poignets et ses chevilles ; le comportement de l'agresseur, qui la ménage, enduit le couteau de margarine avant de l'introduire, n'est pas cohérent.

Maintenant, l'adjudant B. et son équipe cherchent d'autres indices. Ils étalent sur leur bureau de nombreux clichés des menottes en scotch. Leur forme intrigue. L'adhésif a été enroulé autour d'un poignet, torsadé entre les deux poignets, puis torsadé encore autour du deuxième poignet. Bizarrement, l'agresseur n'a pas procédé de même pour les chevilles : l'adhésif a été découpé en bandes et enroulé à plat autour des deux jambes. Autre fait troublant : les menottes n'ont pas été coupées pour être retirées, contrairement à ce qu'a déclaré la femme de ménage. Seule la partie marron a été sectionnée, la partie blanche est intacte. Il faut donc que quelqu'un – la femme de ménage ? la syndicaliste ? – les ai fait glisser le long des poignets. Cette découverte contredit la version livrée par Maureen et Maria. Les gendarmes estiment que la victime a pu s'enrouler les mains avec l'adhésif, avoir passé les bras sous les pieds de la chaise, puis avoir tourné une de ses mains sur elle-même pour effectuer une torsade et resserrer les liens.

Un scénario se dessine : juste avant 13 heures, heure à laquelle devait arriver sa femme de ménage, la syndicaliste a mis elle-même le bonnet sur sa tête, s'est scotché la bouche, a introduit un couteau dans son vagin, s'est attaché les pieds puis les mains, mains qu'elle a ensuite fait glisser sous la chaise puis qu'elle a fait tourner pour former des menottes avec le scotch. Ces liens étaient tellement lâches que la femme de ménage n'a pas eu besoin de les couper complètement pour qu'ils se défassent.

Reste à trouver le mobile et à arracher des aveux.

Dans les derniers jours de décembre, l'adjudant B. réunit son équipe. Une quinzaine d'enquêteurs qui travaillent depuis deux semaines à temps plein sur l'affaire Maureen Kearney.

— J'ai pris rendez-vous avec le procureur la semaine prochaine. J'ai l'intention de lui communiquer nos conclusions. Nous soupçonnons qu'il n'y a pas eu d'agression. Il faut envisager que Maureen Kearney ait tout inventé. Est-ce que quelqu'un y voit une objection ?

Personne ne prend la parole. La section de recherches de Versailles est unanime. Les gendarmes n'y croient pas.

Avant d'aller en parler au procureur de Versailles, le directeur d'enquête prend une dernière précaution. Il appelle l'Institut de recherche criminelle de Pontoise, le *nec plus ultra* de la science criminelle à la gendarmerie. Des « experts », formés à Quantico, le camp d'entraînement des agents du FBI aux États-Unis. Ils exercent le métier de *profiler*, mot qui n'a pas d'équivalent en français : la police parle de « spécialistes du comportement humain ». Un matin de décembre, deux femmes de l'Institut débarquent à Versailles pour étudier le dossier Maureen Kearney. Expertises médicales, constatations matérielles, auditions. Elles aboutissent aux mêmes conclusions que la section de recherches.

— Il faut interroger rapidement la syndicaliste et la faire avouer, conseillent-elles. Sinon, elle va s'enfermer dans son scénario imaginaire et ne pourra plus en sortir.

La décision est prise.

Dans les dîners en ville, l'offensive anti-Anne Lauvergeon a repris de plus belle. Des allusions fleurissent sur les liens entre l'ancienne patronne d'Areva et Maureen Kearney. Les deux femmes se connaissaient. Elles étaient alliées. Ce sont elles qui orchestraient les fuites sur les contrats franco-chinois. Elles se sont vues. Elles se sont entendues. Bientôt, l'hebdomadaire *Valeurs actuelles* parlera d'un « coup monté » entre les deux femmes à propos de l'agression. Le même scénario se précisera sous la plume de deux éditorialistes du magazine *Challenges*, qui dévoileront l'existence du déjeuner au Bristol entre Anne Lauvergeon et Maureen Kearney, sans mentionner la présence de Gilles, ce qui aurait rendu moins crédible la théorie du complot secret. Mais, détail capital, les éditorialistes se trompent, ou ils ont été induits en erreur par leur source, sur la date du déjeuner : ils disent qu'il a eu lieu AVANT l'agression, et non pas APRÈS. Ce que la rumeur prétend, c'est que ce jour-là la reine Anne a ordonné à sa Jeanne d'Arc de la CFDT le sacrifice de son corps pour sauver son empire, leur empire, Areva.

Comment naît une rumeur ? Celle-ci enfle et se répand. Deux femmes, complices, calculatrices et manipulatrices, semblables aux petites *Causeuses* sculptées par Camille Claudel. Tête contre tête, les corps se touchant presque, elles se chuchotent des secrets à l'oreille. Que complotent-elles ? Que cachent-elles ? Leur proximité attise les fantasmes. La rumeur court, amplifie et tord la réalité.

Dans une autre sculpture de Camille Claudel, les *Causeuses* se tiennent la main dans une farandole tragique, juste avant qu'une vague gigantesque s'abatte sur elles. Elles ne la voient pas arriver, ne pensent pas à lever la tête. À leur pas léger, on devine qu'elles dansent et chantent, insouciantes, sans se douter du drame qui les guette.

10

Attendu, s'agissant de son état psychologique à la date des faits, que nonobstant ses dénégations, elle apparaissait dépressive, et avait repris un traitement antidépresseur le samedi précédant les faits, […]
Que Maureen KEARNEY apparaît donc d'une personnalité très fragile et peu équilibrée,
Que cette fragilité a trouvé à s'exacerber dans son cadre professionnel…

Quelque chose s'est passé entre Noël et le jour de l'An. Une succession d'événements, sans liens apparents, qui vont aboutir au basculement du rapport de forces politique en faveur d'Henri Proglio et de son allié, Luc Oursel, au détriment d'Anne Lauvergeon.

Fin décembre, à la suite de la série d'articles, la polémique entre la France et la Chine a failli tourner à l'incident diplomatique. Le gouvernement de Pékin n'a pas apprécié d'être décrit, dans la presse française, comme un pilleur de technologie et un agresseur en puissance. Il a fallu que le ministre de l'Économie,

Pierre Moscovici, en visite officielle en Chine, apaise le courroux chinois :

— Nous n'avons aucune suspicion sur nos partenaires chinois avec qui nous travaillons depuis trente ans… Il n'y a pas d'« enquête » de l'Inspection générale des finances, comme cela a été rapporté dans la presse, mais une simple « mission » pour vérifier qu'EDF applique bien la stratégie définie par l'État.

Pierre Moscovici joue sur les mots. Entre « mission » et « enquête », il n'y a guère de différence. L'objectif est de laver l'honneur chinois.

Avenue Wagram, au siège de l'électricien, les bureaux du neuvième étage restent allumés jusque tard dans la nuit. La garde rapprochée du P-DG est sur le pied de guerre. Ceux qui étaient partis en vacances sont rappelés à Paris. On passe des coups de fil. On active les réseaux. Le 30 décembre, les jeux semblent faits. « Cette fois-ci, l'État est décidé et veut aller au bout. Henri Proglio devrait partir après les résultats annuels d'EDF, fin février ou début mars », écrit une dépêche de l'AFP, l'agence officielle française. On lui a même trouvé un remplaçant : Guillaume Pepy, le P-DG de la SNCF, qui est partant. Reste à trancher. À Matignon, Jean-Marc Ayrault, qui a bien connu Henri Proglio du temps où il occupait la mairie de Nantes, se prononce contre son remplacement. À l'Élysée, François Hollande, proche d'Anne Lauvergeon, et son secrétaire général adjoint, Emmanuel Macron, sont plutôt pour. Les ministres de Bercy, Arnaud Montebourg et Pierre Moscovici, hésitent. C'est finalement Manuel Valls, ministre de l'Intérieur et deuxième homme fort du gouvernement, qui fait pencher la balance en faveur du maintien. Certains y verront l'influence de son ami Stéphane Fouks, qui, à la tête de l'agence de communication Havas, gère les intérêts d'EDF. On ne peut courir le risque de déstabiliser EDF et de vexer les Chinois, a-t-il plaidé.

Un peu avant le départ de Pierre Moscovici pour Pékin, l'État français a renoncé à évincer Henri Proglio. Rien ne sortira jamais, dans la presse, sur les investigations commandées à l'Inspection générale des finances et à la DGSE. « Il n'y avait rien dedans », jureront ceux qui y ont eu accès. Parce qu'on n'avait pas bien cherché ou parce qu'il n'y avait rien d'anormal dans le fonctionnement d'EDF ? Mes interlocuteurs se perdront en spéculations. L'un d'eux me confiera :

— J'ai su, par un témoignage direct, que le ministère de la Défense était intervenu pour enterrer l'enquête de la DGSE.

Affirmation impossible à vérifier. Une chose est sûre : début janvier, l'entourage d'Henri Proglio peut souffler. Il ira au bout de son mandat.

Quelque chose s'est aussi passé dans le secret du bureau du procureur de Versailles, Vincent Lesclous. Avant les fêtes, l'adjudant B. lui avait confié ses doutes quant aux déclarations de la syndicaliste. Déjà, la section de recherches de Versailles sollicitait l'autorisation de la mettre en garde à vue afin d'obtenir des aveux. Le procureur avait refusé :

— Il y a beaucoup de pressions politiques et médiatiques dans ce dossier. Je vous rappelle que

Mme Kearney est toujours protégée par des gendarmes et le GIGN. En haut lieu, on considère que sa vie est en danger. Vous ne pouvez pas vous permettre de vous tromper, et moi non plus. Poursuivez vos investigations.

De retour dans le bureau du procureur de Versailles le 2 janvier, le directeur de l'enquête constate que Vincent Lesclous a changé d'avis. Plus tard, lors de son procès en appel, les avocats de Maureen Kearney évoqueront une possible intervention de Luc Oursel auprès du procureur, rapportée par un témoin. Elle n'est évidemment pas inscrite au dossier : si cette rencontre a existé, elle s'est effectuée hors procédure. Mais un indice peut nous orienter. Ce 2 janvier, le procureur déclare aux enquêteurs :

— Il faut rapidement procéder à l'audition de Luc Oursel.

Ce jour-là, Vincent Lesclous autorise la saisie des dossiers médicaux de Maureen Kearney. Les gendarmes ont bâti une hypothèse, ils doivent maintenant trouver les preuves et obtenir des aveux. Et, en particulier, démontrer que l'état psychologique de la syndicaliste est compatible avec un éventuel pétage de plombs.

À cet instant, Maureen Kearney vient de changer de statut. De victime, elle est devenue suspecte. Et elle ne le sait pas. Pendant trois semaines, elle va vaquer à ses occupations, recevoir ses amis, espérer un appel, sans savoir que l'accusé, ce sera bientôt elle. La machine judiciaire est lancée, monstrueuse et pressée. Elle ne s'arrêtera plus. Le système français est fondé sur la vérité de la preuve. Seuls comptent l'arme du crime et les aveux de l'accusé. « N'avouez jamais, jamais ! » recommandent les avocats à leurs clients. Après, c'est trop tard. Arriver au tribunal avec des aveux dans son dossier, c'est la certitude d'être condamné. Surtout devant un tribunal correctionnel, composé de juges professionnels qui sont enclins à faire confiance aux enquêteurs et aux magistrats instructeurs, contrairement aux assises, où les jurés populaires peuvent tout faire basculer.

Maureen Kearney ne s'étale jamais en public sur les épreuves qu'elle a traversées. Elle préfère les taire.

— J'ai fait la paix avec, explique-t-elle.

Le seul qui connaît tout d'elle, c'est Gilles. Aux autres, elle n'a pas tout dit. Même à ses enfants. Ces refoulements successifs, destinés à la protéger, ont créé des zones d'ombre dans sa personnalité, des absences dans ses souvenirs, des difficultés à répondre à certaines questions. Vus de l'extérieur, ces trous de mémoire peuvent être pris pour le reflet de ses mensonges. Il est vrai que la vie n'a pas épargné la syndicaliste.

Les gendarmes savent déjà beaucoup de choses de son passé. Ils ont lu le rapport rédigé par l'expert psychiatre qui l'a examinée le 19 décembre. Maureen Kearney avait commencé par évoquer sa rencontre avec Gilles, quand elle avait vingt-six ans, leur relation « fusionnelle » :

— On a besoin l'un de l'autre, a-t-elle dit.

Puis :

— Avec mon fils, on se parle plusieurs fois par semaine, il habite en Bretagne depuis quinze ans. Il a subi un traumatisme quand il avait douze-treize ans. À l'époque, j'ai vu qu'il n'allait pas bien. Je l'ai emmené consulter un psy mais il n'a rien dit. Ce n'est que plusieurs années plus tard, à dix-huit ans, qu'il a tout dévoilé à sa petite amie. J'avais toujours trouvé ce voisin louche. Mais on me disait que j'étais trop soupçonneuse. Je savais dans mes tripes qu'il y avait quelque chose de grave, mais je ne savais pas quoi. Quand j'ai su, quand j'ai compris que je n'avais pas su protéger mon propre enfant, j'ai sombré. Je me suis mise à boire. J'ai tenté de me suicider. Je pensais que j'avais échoué comme mère. J'ai été hospitalisée vingt-quatre heures mais je ne m'en souviens plus très bien, cette période est confuse. Après, le fait de porter plainte, de l'accompagner et d'obtenir une condamnation, ça a été bien pour lui.

La syndicaliste enchaîne :

— Mon père est décédé il y a quinze ans. Je ne sais pas de quoi. J'ai mal réagi à son décès. Ma mère est morte cinq ans plus tard, brutalement. Sa disparition a été terrible : le manque, une confidente, une amie, une maman qui disparaît… Elle avait été alcoolique, mais elle avait arrêté de boire à ses quarante ans. Ma mère était le pilier de la famille.

Ensuite, Maureen Kearney évoque un premier viol, subi à vingt ans, en 1976. Elle habitait à côté d'Aix-en-Provence et suivait des cours à la fac. Elle avait fait de l'auto-stop pour rentrer chez elle, à Rognes. Un homme s'était arrêté, l'avait laissée monter et avait bloqué toutes les portières. Il l'avait ensuite déposée à l'entrée du village. Elle avait filé chez elle, pris une douche et était partie chez un médecin qui avait prévenu la police. Le coupable n'avait pas tardé à être arrêté. La syndicaliste passe sur ces événements avec rapidité, comme s'ils avaient une importance secondaire.

L'expert conclut, ce jour-là, qu'il n'existe aucune raison de « mettre en doute les propos de la victime. Nous n'avons pas repéré de trouble caractérisé de la personnalité ». Il ajoute : la dépression dans laquelle elle était retombée juste avant l'agression « ne peut à elle seule entraîner une grave distorsion de l'appréhension de la réalité ». Ni folle ni mythomane, donc.

Mais ce n'est pas ce qu'ont retenu les gendarmes. Ils se sont forgé leur propre opinion sur l'état psychologique de la victime. Pauvre femme, personne ne peut sortir indemne d'une telle succession de drames. Avec un passé pareil – viol, tentative de suicide, alcoolisme –, Maureen Kearney a le profil parfait de la fille qui a pu péter les plombs. Cela va dans le sens de leur scénario, celui d'une mise en scène de l'agression. Et ils entendent bien le prouver en saisissant les dossiers médicaux. Le 8 janvier, les gendarmes débarquent chez le psychiatre et le médecin généraliste de la suspecte. Ses archives médicales sont envoyées chez un expert à qui ont été posées cinq questions :

— Maureen Kearney souffre-t-elle d'une pathologie psychiatrique diagnostiquée ?

— S'est-elle déjà automutilée ?

— A-t-elle évoqué une situation de détresse psychiatrique ou psychologique ?

— Souffre-t-elle d'une pathologie physique grave ?

— Suit-elle un traitement médical pouvant influencer son comportement ou engendrer des troubles de la personnalité ?

Durant ces quelques jours où les enquêteurs attendent le rapport de l'expert, plusieurs informations leur parviennent de la Brigade de renseignements et d'investigations judiciaires des Yvelines. Seulement deux traces d'empreintes ont été mises en évidence sur les morceaux de scotch. Sur ces deux traces, une peut correspondre à la fois à Maureen Kearney ou à sa fille Fiona, et l'autre n'est pas exploitable. Aucune indication n'est fournie sur de possibles empreintes découvertes sur la chaise, le couteau, le pot de margarine. Ces conclusions ne disent pas grand-chose d'autre que la quasi-absence de traces digitales.

L'interrogation des archives nationales de la police et de la gendarmerie, les fichiers FIJAIS et JUDEX, n'a rien donné. Mais un membre de la brigade s'est souvenu de faits anciens qui présentent de fortes similitudes avec ceux dénoncés par Maureen Kearney et qui, pourtant, n'apparaissent nulle part. Il en a aussitôt averti ses collègues de Versailles.

Le 22 juin 2006, trois hommes cagoulés et vêtus d'une combinaison se sont introduits en pleine journée au domicile d'une femme seule à ce moment-là. Les agresseurs l'ont attachée sur une chaise et lui ont gravé une croix sur le ventre et un cercueil au-dessus du sein gauche à l'aide d'un cutter. Le mari de la victime travaillait dans une filiale du distributeur d'eau Veolia, dont il venait d'être licencié. Interrogé, il a tout de suite pensé que cette agression était liée à son travail.

Cette scarification retient l'attention. Une signature. Un mode opératoire. Une rareté. La scarification sur le ventre de la syndicaliste interpelle les gendarmes depuis le début. Quel délinquant attaque sa victime en restant, ainsi, à la limite de la douleur, dans un geste de retenue ou de protection ? Si on veut faire mal ou peur, on y va franchement ; le couteau s'enfonce, il cisaille la peau, la plaie saigne, il faut suturer. Depuis que le second expert médico-légal a utilisé le mot d'« automutilation », les gendarmes voient dans cette scarification un signe que la victime supposée peut être l'auteur : elle n'aura pas voulu se blesser. Et voilà qu'il existerait un autre cas. Une autre femme dont le corps a été malmené sans être mutilé, scarifié sans être coupé. Troublante coïncidence.

Les gendarmes appellent le commissariat qui a mené l'enquête. Pas de chance : le capitaine ne retrouve pas le dossier. Mais il se souvient bien de la victime et de son mari qui travaillait chez Veolia. Les deux prétendaient avoir subi des menaces et des pressions à leur domicile pendant de longs mois avant cette agression. Ils se sentaient surveillés et épiés. Mais aucun élément de nature à orienter l'enquête n'a été découvert. C'est ce que le capitaine explique aux gendarmes de Versailles. Pas de traces, pas d'indices, pas de témoins, pas de bornage téléphonique, pas d'empreintes. Rien.

Et le parquet de Versailles n'a jamais voulu faire suite aux demandes d'investigations complémentaires. L'affaire a été classée sans suite. Comme si personne n'était entré au domicile de la victime pour lui tailader au cutter une croix sur l'abdomen et un petit cercueil au-dessus de son sein gauche. Un fantôme, un mirage, une invention.

Tenaces, les gendarmes contactent le parquet de Versailles. Mais là non plus, il ne reste pas de trace de la procédure. Selon la personne du greffe qui les renseigne, les archives sont détruites de manière aléatoire, un dossier sur deux, tous les cinq ans. L'enquête sur l'attaque de la femme tailladée au cutter a certainement été passée à la broyeuse. En tout cas, le dossier a disparu.

Luc Oursel est enfin entendu le 15 janvier. Les gendarmes se sont déplacés au siège d'Areva, qui a quitté la coquette rue La Fayette pour une tour sans âme du quartier de la Défense :

— Quels sont les pouvoirs du secrétaire du comité de groupe européen ? demandent-ils au président d'Areva.

— Pour moi, il n'en a pas, il se contente de coordonner l'action du comité de groupe européen. Il n'a aucun rôle opérationnel dans l'entreprise. Il est le représentant des employés face à la direction.

— Les documents (copies des contrats franco-chinois) découverts au domicile de Mme Kearney vous semblent-ils par leur importance de nature à déclencher une agression ?

— Mme Kearney ne représente rien dans les négociations de ces sujets, répond le président. De plus, ils sont clos depuis longtemps du point de vue de la direction d'Areva. Pour moi, ils ne sont pas de nature à déclencher une agression.

— D'après Mme Kearney, il existe un profond désaccord entre la direction d'Areva et le comité de groupe européen concernant cet accord. Pouvez-vous nous expliquer sur quoi porte ce désaccord ?

— Je ne suis pas sûr que ce soit entre le comité de groupe européen et Areva qu'il y avait des difficultés. Je pense qu'il s'agit plus de Mme Kearney qui était très sensible sur ce sujet. Je pense qu'elle imaginait que la direction cachait d'autres accords qui étaient très défavorables pour l'entreprise. Elle craignait des transferts de technologies et des pertes d'emplois. Je n'ai rien à cacher et je ne signe pas d'accords défavorables à l'entreprise.

Et il ajoute :

— Concernant la personnalisation de ce conflit avec Mme Kearney, c'est totalement faux. Je ne personnalise jamais, ce n'est pas dans ma nature.

Maureen Kearney est une petite syndicaliste sans importance qui s'est monté la tête seule et se raconte des histoires. Voilà ce que Luc Oursel vient d'asséner aux enquêteurs. Il est le seul à présenter la situation de cette façon. Mais c'est cette version qui sera retenue. Il est le président d'Areva. Il sait de quoi il parle. Mieux que tous les autres.

Lorsque le procureur lui apprendra les soupçons de « dénonciation mensongère » pesant sur la syndicaliste, Luc Oursel ne sera pas seulement soulagé. Il « jubilera », constateront ses proches, comme s'il venait de remporter une victoire personnelle.

— Pour lui, toute cette histoire était un complot organisé contre lui, pour précipiter sa perte, confiera un très proche collaborateur. À cette époque, il voyait la main de Lauvergeon partout. Il était comme fou.

Le jour même où il apprendra la mise en cause de la syndicaliste, Luc Oursel appellera Arnaud Montebourg. Lui qui avait dû essuyer une soufflante humiliante le jour de la découverte de Maureen Kearney tenait sa revanche.

— Quand il m'a appelé, il jubilait, confirmera Arnaud Montebourg.

Pendant que les gendarmes auditionnent le président d'Areva à la Défense, le procureur Vincent Lesclous convoque l'avocat de la suspecte, Olivier Fontibus, dans son bureau. Bâtonnier du barreau de la ville, le défenseur de Maureen Kearney est un professionnel respecté à Versailles. Il a débuté dans le droit social, au cabinet du maoïste Tiennot Grumbach, où il a côtoyé Rachid Brihi, l'avocat du comité de groupe européen d'Areva. Aujourd'hui, Olivier Fontibus occupe un bureau dans un immeuble à deux pas du château de Versailles et du tribunal de grande instance. Il a accroché des affiches d'art aux murs et posé un code de procédure pénale dans sa robe rouge sur le rebord de sa cheminée en marbre.

La silhouette affûtée, les yeux vifs, il porte des costumes coupés avec soin et des chemises à boutons de manchettes qui recouvrent le fin bracelet qui orne son poignet. Sa clientèle s'est diversifiée, il défend parfois des employeurs et a ajouté une pratique du droit pénal à son arc juridique.

Maître Olivier Fontibus ne s'entendait pas très bien avec le précédent procureur. Il trouve Vincent Lesclous plus ouvert, à l'écoute. Certes, ils ne partagent pas toujours le même point de vue. Par exemple, quand Nicolas Sarkozy a envisagé, quelques années auparavant, la suppression du juge d'instruction, le procureur a trouvé l'idée formidable : la plupart des procureurs estiment que la justice irait plus vite sans les juges d'instruction. Malgré cela, le procureur Lesclous, de l'avis des avocats versaillais, se montre globalement respectueux des droits de la défense.

Quand Olivier Fontibus se rend à leur rendez-vous, il n'a pas revu sa cliente depuis le jour de sa découverte dans son salon à Auffargis. Il lui a dit qu'il fallait attendre les résultats de l'enquête et l'ouverture d'une instruction. Dans le bureau de Vincent Lesclous, il découvre que les choses ont bougé, mais pas dans le sens qu'il imaginait. Par courtoisie, cette courtoisie que l'on se doit entre confrères, monsieur le procureur a décidé de prévenir monsieur le bâtonnier que sa cliente sera bientôt mise en garde à vue :

— Cher ami, nous avons un souci avec votre cliente. Les gendarmes sont arrivés à la conclusion qu'elle a peut-être inventé son agression. Elle a selon eux une personnalité très fragile. Il est possible qu'elle n'ait été qu'un instrument dans les mains d'Anne Lauvergeon, qui l'aurait poussée en première ligne pour se venger de Luc Oursel et d'Henri Proglio. Ces histoires de contrats franco-chinois ne seraient au fond qu'un prétexte pour agiter les syndicalistes qui lui sont restés fidèles. Mais comme Mme Kearney n'a pas réussi à arrêter la signature de ces contrats, elle a pu mettre en scène son agression. Voilà l'hypothèse sur laquelle les gendarmes travaillent. En se posant en victime, votre cliente pensait sans doute soulever l'indignation des politiques et de l'opinion publique et bloquer les contrats. Les gendarmes vont bientôt la convoquer. Je préférais vous le dire pour que vous ne soyez pas pris par surprise. Bien entendu, vous gardez ceci pour vous.

En sortant du bureau du procureur, Olivier Fontibus décide de ne rien dire à sa cliente, conformément à la promesse qu'il vient de faire au procureur. Si les gendarmes disent qu'elle a tout inventé, ils doivent avoir des preuves. Mieux vaut être prudent, attendre d'examiner ces indices et décider à ce moment-là de la conduite à tenir.

Curieusement, ce scénario du « coup monté » entre Maureen Kearney et Anne Lauvergeon, qui va bientôt sous-tendre toute l'accusation, personne n'en a jamais parlé pendant l'enquête. Aucune trace parmi les dizaines d'heures d'auditions. Les gendarmes n'ont même pas essayé de l'étayer. Des questions n'ont jamais été posées. Aussi simples que :

— Madame Lauvergeon, avez-vous comploté avec la syndicaliste contre Luc Oursel ?

Ou :

— Madame Lauvergeon, diriez-vous que vous avez eu, ou que vous avez encore, une emprise psychologique sur la syndicaliste ?

Ou :

— Monsieur Oursel, soupçonnez-vous Anne Lauvergeon d'avoir manipulé Maureen Kearney contre vous ?

Comme si ces questions-là pouvaient être plus délicates que celles que les gendarmes ont posées à la syndicaliste sur sa vie privée :

— Mme Kearney, avez-vous une relation adultère ? Buvez-vous ? Vous droguez-vous ? Quelles sont vos pratiques sexuelles ?

Remise le 18 janvier, l'expertise psychiatrique ne valide pas l'hypothèse d'un pétage de plombs de la suspecte. Dans ses conclusions, le médecin mandaté, le docteur R., écrit qu'il ne peut pas répondre aux questions posées par les gendarmes. Les notes de son confrère qui suit Maureen Kearney depuis des années n'apportent pas de réponses aux interrogations des gendarmes :

— Il n'a pas été retrouvé de situation de détresse psychiatrique ou psychologique de Mme Kearney, mais un suivi régulier de 1992 à 2012, avec « des hauts et des bas » selon l'expression de son psychiatre. Peut-être une audition de ce dernier permettrait-elle de répondre plus précisément aux questions posées, suggère l'expert.

Le psychiatre de la syndicaliste, le docteur S., ne sera jamais entendu. Les enquêteurs vont se saisir de quelques lignes qu'il a tracées à l'intention de l'expert pour alimenter leur hypothèse. Quelques mots, adressés de médecin à médecin, qui n'auraient jamais dû être lus par les gendarmes, mais que l'expert a recopiés dans son rapport. Les voici :

— Mme Kearney présente assez clairement une personnalité de type limite, tendance névrotique, aménagée autour d'une double problématique narcissique et abandonnifère.

Cette phrase est incompréhensible pour un profane. Personnalité de type limite, tendance névrotique ? Qui peut prétendre connaître avec précision la signification de ces expressions ? Pour un non-médecin, « limite » et « névrotique », c'est pareil que « folle ». La syndicaliste est folle, voilà. Pas stable, pas tranquille, fragile, dévastée, sa vie est un désastre, un champ de ruines, appelez ça comme vous voulez, mais avec une vie pareille, qui n'aurait pas pété les plombs alors qu'elle risquait de tout perdre, ce qui la tenait encore debout, son travail et Areva ?

Une fois encore, les gendarmes ne retiennent que les éléments qui confortent leur hypothèse. Juste après cette phrase terrible, qui scelle le sort judiciaire de la syndicaliste, son psychiatre traitant a pourtant ajouté :

— Au cours de ces quelques années d'accompagnement médico-psychologique, je n'ai jamais observé d'activité psychotique ni de tendance à la mythomanie ou à l'affabulation.

C'est l'avis du médecin qui suit la suspecte depuis vingt ans. Le psychiatre qui la connaît le mieux. Pas de tendance à la mythomanie ni à l'affabulation. Mais personne n'en tiendra compte. Ni les gendarmes, ni le procureur, ni les juges d'instruction, ni les juges du tribunal correctionnel.

Sans attendre, le 18 janvier, les gendarmes closent par un non-lieu l'enquête en flagrance ouverte pour le viol et l'agression de Maureen Kearney. Ils dressent la liste définitive des « incohérences » qui étayent leur conviction que la syndicaliste a mis en scène son agression :

— L'auteur vient sans son matériel sur les lieux de l'agression, il cherche ce dont il a besoin au risque de se faire surprendre. Il baisse les collants de la victime alors qu'il aurait pu simplement les couper. Mme Kearney ne peut fournir aucun descriptif, même vague, de son agresseur, alors qu'on peut voir à travers les mailles du bonnet qu'elle a sur les yeux. Elle déclare que l'agresseur ne s'est servi que d'une seule main pour introduire le couteau dans son vagin alors que c'est impossible, selon les constatations de l'unité médico-judiciaire de Versailles. Elle n'essaie pas de se libérer après son agression. Aucune lésion au niveau des poignets, des chevilles, du visage, de la bouche, du vagin. Depuis quelques mois, elle rencontre de graves problèmes relationnels avec le président d'Areva. M. Oursel a constaté une réelle tension chez elle sans qu'il puisse l'expliquer. Elle semble obnubilée par les contrats franco-chinois au point de ne parler que de cela les quinze derniers jours précédant son agression. Elle a alerté le milieu journalistique et politique sans résultat. Elle n'a aucun pouvoir au sein d'Areva de nature à empêcher l'accord. Il n'y a donc aucun intérêt de l'agresser pour protéger cet accord. Au contraire, cette agression est de nature à compliquer les relations avec les Chinois, selon M. Oursel. Le principal bénéficiaire de l'agression de Mme Kearney ne peut donc être qu'une personne qui souhaite bloquer ce contrat.

Cette liste joue sur l'effet d'accumulation d'éléments qui ne collent pas, d'indices qui vont dans le sens d'une mise en scène, même si aucun, pris séparément, n'est déterminant. Les enquêteurs n'ont pas LA preuve.

Enfin, ils notent quand même un élément concret, concernant la criminalistique :

Aucune empreinte, aucun profil génétique n'est découvert, hormis ceux de Mme Hugo-Kearney, de son mari et de sa femme de ménage. Aucune empreinte, aucun résidu, aucune marque de gant n'est découvert sur les morceaux de scotch, mis à part l'empreinte d'un doigt de Mme Hugo-Kearney.

En conséquence, le parquet de Versailles diligente une enquête préliminaire pour des faits de dénonciation de crime imaginaire. Tout est prêt pour la garde à vue.

11

Attendu en conséquence que l'agression n'apparaît établie ni dans sa matérialité, ni dans ses mobiles,
Attendu que le caractère imaginaire de l'agression, qui n'est contredit par aucun élément déterminant, est encore renforcé par les aveux de la prévenue,
Attendu que les aveux en cause, qui certes ont été rétractés, n'apparaissent pas, contrairement à ce qu'elle soutient, avoir été obtenus sous la contrainte…

C'est Gilles qui a reçu l'appel du gendarme.

— Nous voudrions vous voir mercredi prochain. Pouvez-vous venir ?

— Oui, bien sûr, vous avez trouvé une piste ?

— Oui, nous en avons une.

Quand il se croit loin des regards, le mari de la syndicaliste arbore souvent un air un peu triste et résigné. Il s'est construit, jeune homme, sur la plus profonde des déceptions, la plus vile des désillusions, de celles qui vous giflent à l'adolescence et vous mettent à terre pour toujours. Gilles est le fils de Bernard Hugo, l'ancien maire communiste de Trappes, qui a vu grandir Jamel Debbouze, Omar Sy et Nicolas Anelka. Un communiste à l'ancienne : il a rencontré sa femme à l'école des instituteurs. Elle a fini directrice d'école mais lui a voué sa vie au Parti. Quand la famille s'est installée à Trappes, dans les années 1950, c'était une petite commune de 5 000 habitants. Bernard Hugo a été élu maire et n'est jamais reparti. Il était de ces édiles que les familles appellent quand les fins de mois sont difficiles ou que l'aîné fait des bêtises.

— Parlez-lui, monsieur le maire, il vous écoutera…

Bernard Hugo aurait pu devenir secrétaire d'État ; il a été, un temps, inscrit sur une liste dressée par le Parti. Finalement il a été envoyé au Sénat. Monsieur le sénateur-maire se rendait souvent à Moscou, parfois aussi à Sotchi, à l'ancienne résidence d'été de Staline, point de rencontre de tous les apparatchiks communistes de la planète. L'été, monsieur, madame et les deux fils, dont Gilles, grimpaient dans la voiture familiale, direction Castiglione del Lago, petite ville d'Italie, jumelée avec Trappes. Un mois au camping. Au mur de sa chambre d'adolescent, il n'avait pas punaisé un poster des Clash ou des Sex Pistols, mais un portrait d'Alexander Dubček, premier secrétaire du Parti communiste tchécoslovaque.

Quand les chars de l'Armée rouge sont entrés dans Prague, Gilles a défendu les rebelles de l'autre côté du rideau de fer et condamné Brejnev. Mais son père a justifié l'intervention des blindés soviétiques et piétiné les illusions de son fils. C'en était fini des rêves d'un monde meilleur. Désormais, Gilles ne verrait plus que les petits arrangements de la politique locale, le clientélisme, l'ingratitude et la vanité. Il aurait pu intégrer les meilleures universités soviétiques. On lui a proposé mille fois de prendre sa carte. Il a choisi d'étudier aux États-Unis où il a emmené sa fiancée, Maureen, quand il l'a rencontrée.

Bien des années plus tard, un camarade prendra la défense de son père :

— Tu ne peux pas le juger. À l'époque, on a fait passer de l'argent aux partisans de Dubček. Mais on ne pouvait pas le dire. On se serait brouillés avec le Parti.

Trop tard. Tout était déjà fini pour Gilles Hugo qui a quitté Trappes. Et puisque la vie n'était que mensonges et faux-semblants, il a consacré la sienne au spectacle. Il est devenu ingénieur du son. Dans leurs dîners d'amis, à Auffargis, il était la vedette. On l'écoutait parler de Jamel, de Julien Clerc, de Michel Drucker. Quand Maureen a pris des responsabilités syndicales au sein d'Areva, elle s'est mise à fréquenter des gens connus. Avec son accent anglais, elle parlait de ses rencontres avec « montobour », « cazenove » et « houland ». Gilles ne partage pas les idéaux de justice sociale de sa femme :

— Je suis très cynique. Je n'ai confiance en personne. Je n'aime pas beaucoup les gens, dit-il.

Et quand il prononce ces paroles, ses yeux tendres cachés derrière de grosses montures expriment l'exact inverse.

Gilles a toujours été très rassurant pour Maureen. Il sait bien qu'à cause de la séparation de ses parents, quand elle était jeune, de l'absence de ce père avec qui elle a eu peu de relations, elle se sent vite délaissée. Il faut être là pour elle, et il a souvent été sur les routes. Bien sûr, ils ont eu des hauts et des bas, comme tous les couples. Gilles consacre trop de temps à son travail et trop peu à Maureen, qui lui réclame souvent de changer de vie. Avant l'agression, elle était déjà fatiguée de tout ça, elle voulait prendre son temps, voyager, voir des amis, recommencer à donner des cours, à des enfants peut-être, elle aime beaucoup les enfants. Ils n'ont plus parlé de projets d'avenir depuis l'agression.

À 8 heures, ce 23 janvier 2013, Maureen et Gilles, tout emmitouflés, se présentent à la gendarmerie de Versailles. La syndicaliste a enfilé un pantalon et une veste noirs, avec une grosse écharpe à carreaux pour protéger son cou et une ceinture claire autour de la taille. Elle a les joues creusées et le teint encore plus pâle que d'habitude. Depuis un mois, elle n'arrive plus à dormir. Elle s'allonge sur le canapé, s'assoupit une heure ou deux et se réveille en sursaut. Elle ne mange plus. Elle veut vendre la maison. Maureen et son mari sont conduits au premier étage, Gilles dans une pièce, la syndicaliste dans une autre au bout du couloir. Maria, la femme de ménage, a aussi été convoquée, mais plus tard.

Les gendarmes se sont répartis en trois groupes de deux. Le colonel R. a décidé de participer à l'interrogatoire de Maureen Kearney-Hugo. Avec son subalterne, ils se sont répartis les rôles de manière classique : *good cop*, *bad cop*. Le gentil et le méchant flic. La veille, l'équipe a défini la stratégie pour faire passer la suspecte aux aveux. L'idée est d'instiller le doute dans l'esprit du mari et de la femme de ménage et d'utiliser leurs déclarations pour faire craquer Maureen.

8 h 10. Les deux gendarmes lui lisent ses droits. Son avocat, Olivier Fontibus, arrive à la gendarmerie. Il lui explique qu'elle n'est plus victime mais possible suspecte. Maureen Kearney ne comprend pas. Elle est sonnée. À 9 h 20, elle est conduite aux urgences de l'hôpital de Rambouillet pour subir un examen médical certifiant que son état physique est compatible avec une garde à vue.

Pendant ce temps-là, l'audition de Gilles Hugo a démarré. Les gendarmes y sont allés direct.

— Nous ne croyons pas à la version des faits de votre épouse. Elle est en garde à vue et vous êtes entendu en tant que témoin. Nous pensons qu'elle a tout inventé. Pour qui elle se prend, votre femme ? Elle a cru qu'elle était du même niveau qu'Anne Lauvergeon et Luc Oursel ? Aidez-nous à la faire avouer. C'est ce qui peut vous arriver de mieux. Sinon votre famille va vivre un tsunami.

Gilles Hugo est estomaqué. Mais il maintient.

— Je n'ai aucun doute sur ce que ma femme a déclaré. Elle a toujours donné la même version, même à ses amis.

Les gendarmes martèlent : la syndicaliste n'a aucun pouvoir chez Areva (*c'est ce que Luc Oursel leur a dit*) et certainement pas celui de bloquer un quelconque contrat. Il n'y a aucun intérêt à l'agresser pour protéger cet accord. Au contraire, cette agression profite plutôt à ceux ou celles (*Anne Lauvergeon et Maureen Kearney, d'après Luc Oursel*) qui voudraient faire capoter l'accord. Ils égrènent les fameuses incohérences : aucune lésion, le couteau qui reste en place pendant cinq heures, le « A » bien droit pour lequel il aurait fallu déplisser la peau ou s'allonger, aucune empreinte ni aucun ADN d'un tiers extérieur à la famille ou à leur entourage proche. Et ces menottes en scotch, ces fichues menottes en scotch, dont la femme de ménage n'a coupé que la partie marron, qui étaient lâches et qu'il a suffi de faire glisser. Vous avez vu comme elles sont torsadées, les menottes ? Un agresseur ne peut pas les tortiller comme ça, il faut que ce soit la victime qui tourne elle-même les poignets dans son dos. Le gendarme rapproche ses mains dans son dos et mime ses poignets qui tournent dans le vide pour vriller un scotch imaginaire. Les liens des pieds, c'est pareil. Sa femme a dit que l'auteur de l'agression aurait coupé des morceaux, qu'il lui aurait demandé de les tenir puis les aurait attachés aux chevilles. Pourquoi couper des petits bouts alors qu'il suffisait de faire tourner le rouleau autour des pieds ?

Gilles les écoute. Il se tait. Que dire ? Face à lui, les gendarmes paraissent très sûrs d'eux. Il essaie de temporiser. De mettre la situation à distance, comme si cela ne le concernait pas. Il l'évalue comme il évaluerait le scénario d'un film qu'on lui soumettrait.

— Votre démonstration fonctionne. Les éléments sont convaincants. Moi aussi, j'ai été choqué par le fait qu'un individu utilise des objets trouvés un peu partout dans la maison. Un professionnel aurait apporté tout ce qui était nécessaire. *A contrario*, en utilisant du matériel de la maison, il évite d'apporter des traces supplémentaires.

— Croyez-vous que votre femme a simulé son agression ?

— Oui, je le crois au vu de votre démonstration. Si vous me montrez ça *sans me dire que ça correspond à ma femme*, je suis tout à fait d'accord avec vous.

« Le scénario est plausible mais je n'y crois pas, parce que j'ai confiance en ma femme. » C'est ce que Gilles pense avoir dit. Mais la formule est suffisamment alambiquée pour être utilisée contre Maureen. Justement, la voilà qui revient de l'hôpital de Rambouillet.

10 h 30. Sa garde à vue commence.

— Comprenez-vous les raisons de votre placement en garde à vue ?

— Pas du tout.

— Consentez-vous à ce que nous nous rendions à votre domicile pour nous mettre dans les mêmes conditions que le jour de votre agression ?

— Oui, j'y consens.

11 h 10. Transport au domicile de la syndicaliste qui est accompagnée de son avocat, Olivier Fontibus, muet

et impénétrable, et de son mari, Gilles, complètement secoué. Il est en train de prendre la mesure de ce qui s'est passé avec les gendarmes tout à l'heure. Pendant qu'au 10 Grande-Rue les gendarmes effectuent une « remise en situation » de l'agression à laquelle ils ne croient plus, Maria, la femme de ménage, se présente à son tour à la gendarmerie.

12 h 40.

— Êtes-vous sûre d'avoir coupé le scotch aux mains et aux pieds ?

— Oui, je suis formelle.

— Les constatations réalisées prouvent que le scotch des pieds a été coupé mais pas celui des mains, qu'avez-vous à dire ?

— J'ai coupé le scotch des mains aussi.

— Avez-vous eu un doute, le jour des faits ou depuis, sur la réalité de l'agression ?

— Non.

Maria n'en démord pas. Elle a libéré sa patronne des liens qui l'entravaient. Non, Maureen n'aurait pas pu se libérer seule.

Après la remise en situation, Olivier Fontibus s'est éclipsé, laissant sa cliente avec l'une de ses collaboratrices qu'elle n'a jamais vue et qui ne connaît pas le dossier. Il n'a pas prononcé un mot de la matinée. Est-il convaincu de la culpabilité de sa cliente ? Il prétendra que non, qu'il ne pouvait rien dire, qu'il devait attendre la fin de la garde à vue. Prendre connaissance des pièces et échafauder une réplique. Mais son attitude tend à prouver le contraire et Maureen se sent lâchée et abandonnée.

14 heures. Les questions reprennent.

— Avez-vous un rôle si important que vos prises de position puissent pousser quelqu'un à vous agresser si violemment ?

— Je me demande si on n'a pas mis le doigt sur quelque chose de secret dans cette négociation bilatérale. C'est Jean-Pierre Bachmann qui s'est posé la question et qui m'en a parlé.

Le *good cop* prend un ton paternaliste et interpelle la syndicaliste par son prénom.

— Maureen, selon vous, votre rôle au sein d'Areva est-il important au point qu'on s'en prenne directement à vous ?

— Je ne le pensais pas. Mais EDF est même intervenu auprès de la Fédération chimie énergie de la CFDT pour que je me calme au sujet des contrats chinois. C'est le secrétaire du comité de groupe européen d'EDF qui me l'a dit. Je crois qu'il m'a dit que c'étaient la direction et la CGT qui étaient intervenues.

— Selon vous, à qui profiterait le fait de vous faire taire ?

— Je ne sais pas. Du tout du tout. À des intermédiaires peut-être.

Les heures passent. Maureen glisse. Les gendarmes martèlent que personne ne la croit, tous ses proches l'ont lâchée. À commencer par son mari qui, là, à côté, a reconnu qu'elle avait tout inventé. Rien de ce qu'elle répond ne semble les atteindre. Elle se débat avec ses mots, qui ne sont pas ceux de sa langue maternelle, alors que la fatigue s'installe. Elle s'écrie :

— Je le jure sur la tête de mes petits-enfants !

Elle commence à prononcer des phrases comme pour elle-même, perdue dans ses pensées, dans ses regrets.

— Je pensais qu'au comité de groupe européen on pouvait changer les choses…

Elle ne peut plus répondre. Cela ne sert à rien. Elle ne comprend pas les questions des gendarmes : l'agresseur qui n'est pas venu avec son matériel – pourquoi ? –, le son de la télévision – fort ou pas fort ? –, la largeur des mailles du bonnet – vous l'avez vu ou pas ? Elle se referme.

— Je ne l'explique pas… J'en sais rien… Que voulez-vous que je vous dise.

— Selon vous, en quoi aurait ensuite consisté le troisième avertissement ?

— Me tuer ! Ou me décrédibiliser.

16 h 45.

— Expliquez-nous pourquoi vous n'avez pas essayé d'expulser le couteau qui était dans votre vagin.

— Je crois que j'ai essayé de pousser. J'ai essayé de pousser.

— Sur un plan purement médical, il aurait dû être expulsé.

— Je n'ai pas réussi à l'expulser.

La syndicaliste ne répond plus que par des phrases courtes. Elle est à bout de forces.

17 h 15. Il se passe une chose à peine croyable. Les deux gendarmes et l'avocate sortent de la pièce où elle est interrogée depuis le matin et la laissent seule. Un troisième homme, qu'elle n'a jamais vu, qui ne se présente pas, entre. Comme les autres, il est habillé en civil. Il a l'air très sûr de lui. Il saisit une des chaises vides, s'assoit face à elle, prend le temps de la regarder. Un frisson parcourt la syndicaliste. Que se passe-t-il ? Que lui veut-il ? Qui est-il ? L'incursion de cet inconnu ne peut que lui rappeler l'agression subie un mois auparavant. Elle se sent menacée. Enfin il prend la parole :

— Bon, écoutez, il faut que vous passiez aux aveux maintenant, vous êtes là depuis ce matin. Vous ne croyez pas que tout cela n'a que trop duré ? Si vous n'avouez pas, un rouleau compresseur médiatique et juridique va s'abattre sur vous et sur votre famille. Vous ne vous en remettrez pas. Pensez à votre mari, pensez à vos enfants, vous les mettez en danger. Dites la vérité, parlez, dites ce qui s'est vraiment passé.

De nouveau un long silence. L'homme la regarde. Les menaces qu'il vient de proférer résonnent d'un mur à l'autre dans la pièce vide. Rouleau compresseur, famille, danger. Les mots pénètrent dans le cerveau de la suspecte. C'est le moment que choisit l'homme pour se lever et sortir.

Sur le procès-verbal de la garde à vue, aucune mention de cette intrusion. Personne n'a vu l'inconnu entrer ni sortir. Il est inscrit que Maureen Kearney a bénéficié d'un repos.

18 h 20. Les deux gendarmes reviennent. Ils savent parfaitement ce qu'il s'est passé. Le troisième homme appartient à la section de recherches de Versailles. Le colonel et ses hommes avaient prévu la veille que, si la suspecte n'avouait pas, il faudrait l'ébranler, la faire craquer, lui faire peur. C'est ce que l'un d'eux me confiera bien plus tard, d'un air d'évidence. Il le fallait bien, puisqu'elle ne voulait pas dire la vérité.

Cette fois, les gendarmes sentent que c'est maintenant ou jamais. Ce n'est plus le moment d'être paternaliste ou bienveillant, d'argumenter, de jouer au gentil et au méchant. Il faut qu'elle avoue, maintenant, tout de suite. Maureen Kearney est livide et ses mains tremblent. Elle les pose à plat sur ses genoux. Il lui semble que la pièce tourne autour d'elle, un tourbillon de phrases et de visages qui lui répètent d'avouer. « Il faut que tu protèges tes enfants, ta famille, protège-les, avoue », lui disent les voix.

— À ce stade de l'enquête, nous ne croyons pas à votre version des faits…

Maureen Kearney fond en larmes.

— Je ne sais pas ce qui s'est passé, j'ai dû délirer. J'ai dû imaginer mon agression. Je ne me rappelle pas comment j'ai préparé toute cette agression imaginaire.

— Pourquoi avoir fait ça ?

— J'ai dû péter les plombs. J'ai dû déprimer.

La syndicaliste se sent seule au monde. Les gendarmes le lui ont martelé toute la journée. Personne ne la croit, ni son mari, ni ses camarades syndicalistes, ni la direction d'Areva, elle s'est isolée, elle est allée toute seule au combat. Les politiques n'ont pas d'estime pour elle, ils la prennent pour une petite rigolote, une syndicaliste de rien du tout. Elle est seule, seule, seule. Il faut avouer. Et la syndicaliste pleure, rien ne peut l'arrêter. Son monde s'écroule, sa vie se brise, tout ce qu'elle avait construit, sa famille, son travail, ses amis, son réseau, sa réputation, elle va tout perdre. À son côté, son avocat, Olivier Fontibus, de retour, est toujours muet. Même lui n'a pas l'air de la croire. En douze heures d'audition, il n'a pas posé une seule question ni émis la moindre observation.

Ces aveux, en l'état, ne valent pas grand-chose. Ils ne sont pas « circonstanciés ». Ils ne comportent aucun détail permettant d'accréditer que la syndicaliste dit la vérité. Les gendarmes le savent bien. Des déclarations tombées à la fin d'une journée de garde à vue, du bout des lèvres, sans aucun détail. On dirait les propos d'une personne prête à tout pour qu'on la sorte de là. Informé, le procureur Vincent Lesclous prend une décision à la mesure de l'affaire : exceptionnelle. Il décide de venir auditionner la syndicaliste en personne.

20 h 45. La femme qui se tient devant lui est dans un état second. Perturbée au point qu'il lui demande si « elle a clairement conscience des conditions de cet entretien et de sa condition de magistrat ». Elle est en panique. Ses paroles perdent leur cohérence.

— Ce n'est pas moi qui l'ai fait… C'est moi qui l'ai fait. J'ai du mal à admettre que cette agression est imaginaire mais je sais qu'elle est imaginaire.

Au bout d'une heure, le procureur est tellement effaré par l'état de la syndicaliste qu'il lui conseille d'aller consulter en urgence et de renforcer le suivi psychologique dont elle fait l'objet. Elle comprend que le procureur veut l'interner dans un hôpital psychiatrique. Son angoisse monte encore d'un cran, tandis que Vincent Lesclous s'adresse à son avocat :

— Je vais donner une semaine à votre cliente pour rédiger des aveux circonstanciés. Si elle avoue, on se montrera compréhensifs, on ne va pas l'embêter. Mais il faut que ses aveux soient circonstanciés.

Dans l'esprit de Maureen, le procureur vient de lui proposer un *deal* : ses aveux contre une condamnation légère, voire pas de procédure du tout.

En sortant de la gendarmerie, elle trouve son mari qui l'attend. Elle lit dans ses yeux désolés à quel point il a été instrumentalisé. Gilles n'a pas réalisé ce qu'il se passait. En rentrant à Auffargis, la syndicaliste prend sa voiture et disparaît dans la nuit.

Le lendemain, c'est Fiona qui prévient Véronique, rentrée entre-temps chez elle :

— Les gendarmes accusent maman d'avoir tout inventé.

Véronique serre les dents de rage. Elle n'y croit pas ! Elle monte dans sa vieille voiture, tourne la clé et prend la route jusqu'à Auffargis.

— Que s'est-il passé ? Que s'est-il passé ? ne cesse-t-elle de demander.

Gilles ne parle pas. Il a peur pour sa femme et ne sait pas quoi faire pour l'aider. Le lendemain de la garde à vue, il a voulu rappeler les gendarmes pour demander à être réentendu. Il voulait modifier son PV d'audition. Les gendarmes n'avaient gardé que les propos accusant sa femme. Il suffisait de regarder la feuille : même pas deux pages, pour trois heures d'interrogatoire. Ce n'est pas parce qu'il a par moments donné raison aux gendarmes – oui c'est possible, mais non je n'y crois pas – qu'il pense que sa femme est coupable !

— Si ma femme a tout inventé, elle mérite trois Oscars et deux Césars, marmonne-t-il.

Les gendarmes n'ont pas répondu à son appel et Gilles s'est muré dans le silence.

Maureen explique à Véronique qu'elle doit rédiger des aveux détaillés.

— Sinon, ils m'ont dit qu'un rouleau compresseur allait s'abattre sur nous. À Gilles, ils ont dit la même chose. Que ce serait un tsunami et qu'on ne s'en remettrait jamais. On a soixante ans, Véronique, je connais la justice française, ça va durer des années, je ne peux pas imposer ça à ma famille. Il faut qu'on raconte comment j'ai mis en scène cette agression.

Véronique n'en revient pas de cette histoire « hallucinante ». Chaque matin, elle se lève et trouve Maureen sur son canapé, les yeux gonflés par le manque de sommeil, maigrissant chaque jour davantage.

— Je n'y arrive pas, dit la syndicaliste.

Maureen et Véronique passent des heures à surfer sur Internet pour trouver un scénario plausible.

— Et si on disait que tu as fait un burn-out ?

Elles regardent les symptômes. Certes, les victimes de burn-out pleurent fréquemment, et Maureen pleurait beaucoup avant l'agression. Mais elles ont aussi du mal à sortir de chez elles, voire à se lever, alors que Maureen a continué à travailler, même avec un plâtre à la cheville et une entorse à l'épaule. Et nulle part elles ne trouvent de cas où les victimes de burn-out sont prises de bouffées délirantes et se lèvent un matin en simulant une agression. Ça ne tient pas !

— Et puis qu'est-ce que tu aurais fait de ta matinée ? Tu n'as pas appelé, pas utilisé ton ordinateur.

— On n'aura qu'à dire que je me suis endormie sur le canapé, propose Maureen.

Elles vont à la remise chercher la caisse rouge de Gilles, celle où sont rangés les adhésifs. Elles en découpent des morceaux, s'en collent sur le visage, sur les poignets et les chevilles. Personne n'a vérifié si ça laissait des traces ou pas. Et ça n'en laisse pas !

— Ça n'épile même pas, ce truc-là, lâche Maureen à Véronique en arrachant un morceau sur sa joue, et elles partent dans un fou rire nerveux.

Avec le scotch, elles essaient de s'attacher, de se l'entortiller autour des poignets pour reconstituer le scénario échafaudé par les gendarmes.

Un après-midi qu'elles sont seules, en bas, au salon, Maureen soulève son T-shirt. Les croûtes du « A » sont tombées. Il reste des plaies rose vif à l'endroit où le couteau a gratté. Les voilà qui vont chercher un feutre et essaient de reconstituer la scarification du ventre. Véronique regarde son amie, le T-shirt coincé sous le menton, qui tente de tracer sur son ventre un

« A » bien droit. Maureen n'y parvient pas. Du dessus, le poignet finit toujours par dévier de sa trajectoire et par tracer une courbe. Il faut être de face et s'appuyer pour rester droit. Véronique lève les yeux sur son amie toujours concentrée. C'est à cet instant que tout doute disparaît de son esprit. Maureen n'a pas pu simuler son agression. Ce n'est techniquement pas possible.

— Ce n'est pas tout, tu sais Véronique, il s'est passé autre chose.

Personne n'en a parlé jusque-là. Ni dans la presse ni en public. Gilles a évidemment respecté la pudeur de sa femme. Cet après-midi-là, Maureen explique à Véronique. Le couteau dans le vagin. Ce viol dont elle n'a pas voulu parler. Ce deuxième viol, dans une vie de femme, un à vingt ans, un à soixante ans, peut-on le croire ? Cela peut-il arriver vraiment, deux viols dans une seule vie ?

Maureen appelle Christine à l'aide. C'est une amie de vingt ans, qui exerce le métier de directrice qualité chez Areva. Une littéraire, elle saura trouver les mots. En arrivant, Christine jette un œil au brouillon de la lettre d'aveux entamée par les deux femmes.

— Tu as conscience que tu me demandes d'écrire un faux, Maureen ?

La syndicaliste fait « oui » de la tête, c'est cela qu'elle veut, avouer et qu'on n'en parle plus.

Le week-end passe et plus la fin du délai de huit jours donné par le procureur Vincent Lesclous approche, plus la détermination de Maureen faiblit. Elle a rendez-vous avec maître Fontibus le 30 janvier, pour lui remettre le document. Le jour venu, elle monte dans la voiture avec Gilles, en silence, la lettre d'aveux glissée dans son sac. En chemin, elle dit à son mari :

— J'ai changé d'avis. Je ne peux pas avouer. Je ne peux pas mentir. Je ne m'en remettrais pas.

TROISIÈME ACTE

La justice

Mai 2017 – Novembre 2018

12

Chantal Charruault pousse la porte de la salle C, au premier étage du tribunal de grande instance de Versailles, et s'installe sur l'estrade des juges. De là, elle a une vue plongeante sur la salle. Au premier rang, elle peut voir une dame assise, un peu raide, dans son tailleur démodé : Maureen Kearney. À sa droite, une jeune fille aux yeux éperdus et à la chevelure rousse et, à sa gauche, un homme au regard doux et aux mains fortes. Sa fille et son mari. Derrière eux, un bloc compact d'une trentaine de personnes, hommes, femmes, jeunes, vieux, des épaules de travailleurs qui se lèvent tôt, des silhouettes lourdes de journées à rallonge, agités, inquiets, dans l'attente de l'affaire numéro quatre.

Parmi eux, les témoins de la défense sont les plus fébriles. Jean-Pierre, l'alter ego en syndicalisme, François, le meilleur ami, et Véronique, la bonne copine, devront sortir dès que l'audience aura démarré. Ils patienteront dans le couloir. Rien de ce qui sera dit à l'intérieur de la salle C ne doit influencer leur témoignage. En attendant, ils calment leurs nerfs en discutant avec leurs voisins. De ce public inhabituellement fourni pour un procès de milieu de semaine monte un brouhaha qui empêche la présidente de se concentrer sur l'affaire numéro trois.

Affaire numéro trois : un vieux monsieur accuse un juge pour enfants de l'empêcher de voir sa fille. Il voudrait que le tribunal lui accorde un droit de visite. Il n'a pas d'avocat. Il a posé à ses pieds un cartable en cuir marron d'où il extrait une liasse de documents. Les papiers tremblent dans sa main. Le vieux monsieur ne les lit pas. Il connaît son dossier par cœur. Il argumente :

— Un malheur est arrivé. Ma fille a perdu sa maman et, maintenant, sa demi-sœur essaie de lui prendre ses biens et lui raconte que j'ai assassiné sa maman.

Éberluée, l'assistance comprend que le vieux monsieur à l'air inoffensif, à la voix de miel et aux mots chargés d'amour, a été condamné pour le meurtre de sa femme quelques années plus tôt. Il a purgé sa peine mais l'enfant a été placée chez sa demi-sœur et son beau-frère. Est-ce le bruit de fond ou la péroraison du meurtrier ? Chantal Charruault est agacée :

— Ça suffit ! Comme je vous l'ai déjà expliqué la dernière fois, ce tribunal n'a pas le pouvoir de modifier une décision du juge pour enfants.

L'affaire est renvoyée. L'audience est levée pour quelques minutes.

Maureen Kearney se lève. Sans doute aimerait-elle repousser encore un peu le moment de la confrontation avec ses juges. L'angoisse vrille son ventre vide – elle n'a rien avalé à midi – et envoie des colonies de fourmis dans ses jambes. Nous sommes le 15 mai 2017. Jour de son procès pour « dénonciation mensongère ». Quelques jours plus tôt, son avocat, Thibault de Montbrial, lui a détaillé le déroulement du procès. Il lui a décrit le tribunal, le président, ses deux assesseurs, le procureur qui représente le ministère public à leur droite, le greffier qui prend des notes à leur gauche. Aujourd'hui, le président est une femme. Elle va commencer par rappeler les faits. Puis, elle interrogera la prévenue et les témoins. Ensuite, le procureur portera l'accusation et l'avocat de la défense prononcera sa plaidoirie. Enfin, la prévenue pourra dire un dernier mot. En général, le jugement intervient quelques semaines plus tard.

Les procès pour « dénonciation mensongère » sont rares en France. Les peines encourues sont de six mois d'emprisonnement et 7 500 euros d'amende. Maureen Kearney n'a pas dormi de la nuit. Elle a peur d'aller en prison. Un photographe l'a saisie au moment d'entrer dans la salle du tribunal. On la voit de profil, les cheveux serrés sur la nuque, un sourire énigmatique flottant sur ses lèvres fines. Son regard est baissé, étrangement vide. Elle a perdu des pans entiers de sa mémoire. Ses souvenirs sont souvent vagues et confus. Elle a avancé vers ce procès dans un brouillard épais. Tétanisée. Durant toute l'instruction, son avocat lui a dit que les charges étaient faibles, que la juge allait conclure par un non-lieu. Jusqu'au bout elle a cru échapper au procès. Mais rien ne s'est passé comme prévu. Elle n'a rien préparé. Que dire ? Tout est déjà dans le dossier. Elle, la battante, la combative, la forte tête, s'en remet entièrement à son avocat.

Maintenant que le moment approche, elle a la gorge sèche. Elle se penche, attrape une bouteille d'eau dans son sac et la porte à sa bouche. Dans son dos, la voix de Chantal Charruault gronde :

— On ne boit pas à la bouteille dans l'enceinte du tribunal. Ce n'est pas un lieu de pique-nique.

La présidente a détaché chaque syllabe : pi-que-ni-que. La saillie a jailli de sa bouche à la vitesse d'une flèche propulsée par un arc tendu. La pique a traversé la salle d'audience et s'est fichée dans sa cible. Le reste de la scène se déroule au ralenti. Maureen Kearney éloigne lentement le goulot de sa bouche et repose la bouteille par terre avec les précautions d'un soldat maniant une grenade dégoupillée. Un silence pétrifié s'abat entre les murs froids de la 8e chambre correctionnelle de Versailles.

Plus tard, les amis de la syndicaliste diront que c'est à ce moment-là que tout a basculé. Maureen a été déstabilisée, elle s'est braquée, elle s'est sentie menacée, un doigt s'est pointé et l'a avertie : « Vous, on vous a à l'œil. » Maureen Kearney s'est assise, les jambes flageolantes, et la présidente s'est remise à feuilleter le dossier devant elle.

Le tribunal de Versailles est réputé, parmi les pénalistes parisiens, pour sa sévérité. Chantal Charruault n'échappe pas à la règle. Les huissiers audienciers du tribunal, qui assistent à la plupart des procès, la décrivent comme « sévère mais juste ». Elle possède les gestes aisés et l'assurance tranquille de ceux qui se sentent à leur place dans la société. Ses cheveux blonds sont coiffés d'un petit carré lisse qui sied parfaitement à son statut social. Digne, sans apprêt, commode. Une féminité exacerbée ne convient pas aux métiers de pouvoir. Imagine-t-on une vamp aux seins gonflés à l'hélium rendre la justice ? Les deux assesseurs de la présidente affichent la même panoplie bon teint. Un collier de perles blanches ceint le cou pâle de la magistrate de gauche. Des lunettes à monture carrée dissimulent le visage lisse de celle de droite. Les trois juges pourraient être des sœurs. Elles sont issues du même terreau social. Tous les tribunaux de France sont peuplés de Chantal Charruault.

Chaque fois que la présidente lève le nez des feuillets posés sur son bureau, son regard est aimanté par la dizaine de journalistes qui occupent les travées près du procureur. Ce n'est pas l'affluence des grands jours (nulle télévision n'attend l'accusée à la sortie des débats), mais ce n'est pas non plus un jour ordinaire. Curieux, l'huissier aux lunettes rondes s'est approché des journalistes et leur a demandé quels médias ils représentaient. L'AFP, France Info, BFM, *Libération*, *L'Obs*... Il a écouté leurs réponses en hochant la tête d'un air approbateur. Il a l'habitude de ne voir à Versailles que le correspondant du *Parisien* qui se glisse silencieusement sur une chaise au fond de la salle. Mais ce dossier Kearney n'est pas comme les autres. Cela fait quatre ans qu'il empoisonne le tribunal. Du procureur aux juges d'instruction en passant par les greffiers, tout le monde en a entendu parler, de cette affaire. « Elle pue », dit-on. Elle embarrasse.

À Versailles, les juges ne sont pas habitués aux effets de manche. On n'est pas à Paris, ici. Cette agitation, propre à la capitale, Chantal Charruault l'a certes bien connue : elle y a passé la majeure partie de sa carrière. Substitut, première juge, première vice-présidente. Ordre national du mérite, Légion d'honneur, quarante-cinq ans de service. Chantal Charruault présente le palmarès typique de la moyenne magistrature. Elle a connu une consécration honorable au tournant de la cinquantaine quand elle a été promue présidente du tribunal de grande instance de Sens. C'est là qu'elle a présidé son seul procès médiatique à ce jour : celui de Gérard Bourgoin, en 2003. Le créateur des volailles Duc était accusé d'« abus de bien social » et d'« abus de pouvoir », suite à une faillite retentissante. Le procès avait intéressé la presse nationale parce que Duc a longtemps été le sponsor du club de foot de l'AJ Auxerre et que Gérard Bourgoin a dirigé la Ligue de football professionnel. Aujourd'hui qu'elle a atteint l'âge de la retraite, la vice-présidente du tribunal de grande instance de Versailles, qui préside aujourd'hui l'audience en correctionnelle, ne voudrait pas voir son bilan entaché par une dernière affaire.

Il n'a pas pu lui échapper que plusieurs avocats sont venus assister aux débats en curieux. Rachid Brihi, l'avocat du comité de groupe européen d'Areva, a fait le déplacement depuis Paris. Olivier Fontibus, le premier avocat de Maureen Kearney, n'est pas là, mais il a des amis dans la salle, qui lui feront un compte-rendu sitôt le procès terminé. Tout ce petit monde attend la prestation de Thibault de Montbrial. Ce n'est pas tous les jours qu'on a l'occasion d'observer un ténor du barreau.

Figure médiatique, l'avocat de la syndicaliste est un habitué des plateaux de télévision depuis les attentats du 13 novembre 2015. La silhouette athlétique et le geste nerveux, ancien parachutiste, il s'est spécialisé dans la défense des forces de l'ordre et la dénonciation de la menace terroriste. Il milite pour l'extension du port d'armes et assure lui-même en porter une en dehors des stands de tir. Il a reçu des menaces de mort. À son arrivée tout à l'heure, un homme en civil s'est planté au fond de la salle, juste à côté de la porte d'entrée : son garde du corps, reconnaissable au renflement sous sa veste et aux lunettes de soleil remontées sur son crâne. Les cous se tordent pour observer l'individu. Ce n'est pas commun, un garde du corps dans une salle de tribunal.

Pour Chantal Charruault, la situation est inconfortable. D'ordinaire, elle peut s'appuyer sur le procureur pour mener son audience. Mais celui qui a piloté le dossier Maureen Kearney depuis le début, celui qui a guidé les enquêteurs, fermé l'enquête en flagrance pour viol, séquestration et actes de torture, et ouvert l'instruction pour dénonciation mensongère, Vincent Lesclous, est éloigné du tribunal depuis plusieurs mois. Une grave maladie. Il est remplacé par un procureur par intérim, Jacques Cholet. C'est donc seule, avec ses deux assesseurs, qu'elle va devoir trancher si, oui ou non, Maureen Kearney a été agressée chez elle, le 17 décembre 2012. Ou si elle a inventé un scénario et mis en scène son agression. Si elle s'est passé un bonnet sur la tête, enfoncé un couteau dans le vagin, scotché les pieds à la chaise, puis les mains dans le dos, et a attendu que sa femme de ménage arrive pour lui jouer la comédie. Persuadée, dans son délire ou son machiavélisme, que le sacrifice de son corps était la seule façon d'invalider ce contrat franco-chinois qui menaçait, d'après elle, 50 000 emplois en France. Peut-être le double en comptant les sous-traitants. Son intégrité physique contre 50 000 vies de salariés. Automutilation. Autopersuasion. Passage à l'acte démiurgique.

Dans la logique judiciaire, obtenir des aveux circonstanciés serait la meilleure façon de sortir de ce dossier par le haut. Si Maureen Kearney reconnaît aujourd'hui avoir tout inventé, elle risque de perdre l'amour de son mari et de ses enfants. Le respect de ses amis qui l'ont soutenue. Son statut social. Sa propre estime de soi. Mais si elle passe aux aveux, elle pourra bénéficier de la clémence des juges et, peut-être, de certains de ses proches. Jean-Pierre Bachmann le lui a assez répété :

— Quoi qu'il se soit passé, Maureen, les camarades et moi, on considérera toujours que tu es une victime.

Il est déjà 16 heures. La présidente jette un coup d'œil au procureur par intérim sur sa droite. Lui aussi est distrait par la présence des journalistes qui sont assis à côté de lui et dont il n'est séparé que par un mince panneau de bois. Il est en train de discuter avec l'un d'eux qui lui demande combien de temps va durer le procès. Jacques Cholet plaque ses cheveux gris sur le côté d'un geste machinal et énonce, d'un air docte :

— Ce ne sera pas long.

Le procès va durer plus de quatre heures.

13

Quatre ans ont passé depuis la garde à vue de la syndicaliste. En sortant du bureau de son premier avocat, Olivier Fontibus, le 30 janvier 2013, Maureen Kearney avait décidé de changer de défenseur. On lui avait conseillé Thibault de Montbrial. Ils avaient tout de suite accroché.

— J'ai l'habitude de ces affaires d'État, lui avait-il déclaré d'emblée, j'ai suivi l'affaire des frégates de Taïwan, puis l'attentat de Karachi. Je vais m'occuper de vous.

Il l'avait crue. À un moment où tout le monde autour d'elle s'était mis à douter. Le monde vacillait. Lui, non. Une relation affectueuse s'était nouée. Il l'appelait « Maureen ». Il la tutoyait.

Le 5 février 2013, le parquet avait ouvert une information judiciaire visant la syndicaliste pour « avoir dénoncé mensongèrement une agression à l'autorité judiciaire, et avoir ainsi exposé les autorités judiciaires à d'inutiles recherches ». La justice lui reprochait le temps et l'argent consacrés à chercher un agresseur qui n'existait pas. Deux juges d'instruction avaient été saisis.

Le 6 février, Thibault de Montbrial déclarait dans la presse que sa cliente avait bien été agressée. Elle revenait sur ses aveux :

— Ma cliente confirme qu'elle a été victime d'une agression criminelle très grave en lien avec une affaire d'État. Elle reste déterminée à faire éclater la vérité, malgré les pressions effrayantes dont elle est l'objet.

Ce fut la dernière prise de parole publique de l'avocat de Maureen Kearney jusqu'en 2017.

Elle a changé de numéro de téléphone. N'a plus voulu voir personne. Elle n'est jamais retournée travailler. Ses anciens collègues de la CFDT ont monté un comité de soutien mais elle les a suppliés de n'entamer aucune action médiatique. Comment expliquer que quelqu'un sombre ? Un premier viol à vingt ans. L'agression de son fils. Un deuxième viol à près de soixante ans. Puis ce retournement, elle qui, de victime, devient l'accusée. Qui pouvait mériter ça ? Elle avait peur. Peur que son agresseur revienne « la finir » et peur de la police. Un jour qu'elle était dans un bar avec son amie Véronique, deux policiers étaient entrés boire un café. Elle avait tendu ses poignets, persuadée qu'ils étaient venus l'arrêter. Cette peur d'aller en prison la tiraillerait longtemps.

Elle a quitté le pavillon d'Auffargis. À l'agence immobilière qui leur cherchait une nouvelle maison, le couple avait donné un critère en haut de leurs priorités : la sécurité. Maureen voulait un bunker, où que ce soit dans un rayon de cent kilomètres autour de Paris. Ils l'ont trouvé assez rapidement, dans une petite ville accessible en TGV. La porte d'entrée est dissimulée dans la devanture vitrée d'un magasin d'esthétique. Pas de sonnette. Pas d'interphone. Pas de nom sur la boîte aux lettres. Il faut téléphoner ou frapper fort pour que quelqu'un vienne vous ouvrir. Un long couloir débouche sur un grand salon qui s'ouvre sur un patio. Au milieu de l'espace intérieur, une petite piscine, et, au fond, une dépendance. Maureen s'est sentie protégée. Ils ont acheté la maison et Gilles loue un appartement en banlieue parisienne pour la semaine. Il a vendu son entreprise mais continue d'y travailler, en attendant la retraite.

Dans sa nouvelle ville, Maureen ne connaissait personne. Elle s'est inscrite dans une association caritative et donne des cours d'anglais bénévolement aux élèves d'une école privée. De nouvelles amies sont venues lui tenir compagnie à la maison. Que des femmes, remarquera-t-elle plus tard, aucun homme. Gilles a toujours été très admiratif de la capacité de son épouse à nouer des relations. Elle sait écouter, s'intéresse et compatit. Pourtant, son comportement était erratique quand elle s'est installée. Sa mémoire lui jouait des tours. Elle avait beau inscrire ses rendez-vous sur un grand agenda, elle notait tout de travers. Elle se trompait d'heure, de jour, de lieu. Pour voir Maureen, il valait mieux passer la prendre à l'improviste.

Une nuit, l'annexe du fond a flambé. Le feu est parti d'un coup et la fumée a envahi la maison. Il s'en est fallu de peu que Gilles et Maureen meurent intoxiqués. Les pompiers n'ont rien pu sauver. Tous les livres et tous les journaux intimes de Maureen, accumulés depuis son arrivée en France, ont fini carbonisés. L'assurance a diligenté une enquête mais l'inspecteur n'a pas trouvé l'origine de l'incendie.

— Comme vous n'avez pas d'ennemis, je vais conclure à un accident. Mais c'est très étrange, leur a-t-il déclaré.

Maureen et Gilles se sont regardés et n'ont rien dit. Ils ont raccompagné l'inspecteur à la porte. Quelques mois plus tard, un des frères de Maureen est mort subitement en Thaïlande, où il vivait. L'origine du décès n'a jamais été établie. La syndicaliste a pensé que le sort s'acharnait sur elle.

Sur le front judiciaire, il ne s'est quasiment rien passé pendant ces quatre années. Le 21 février 2013, Maureen Kearney avait écrit aux juges pour signifier qu'elle revenait sur ses aveux :

— Je suis la syndicaliste agressée le 17 décembre 2012. Je sais que mon avocat, maître Thibault de Montbrial, a tenté de vous joindre. Ce qu'il voulait vous dire est la chose suivante : le service d'enquête en charge du dossier devrait changer à cause des menaces et des pressions que j'ai reçues lors de la garde à vue. Pressions qui m'ont bouleversée, m'ont fait flancher et que j'ai vécues comme une nouvelle agression. Lors de mon audition, je souhaiterais vous raconter mon agression mais aussi expliquer les conditions de cette garde à vue en détail.

La syndicaliste avait été convoquée par les juges le 18 avril 2013. Mais, le matin même, l'audition avait été annulée au motif que l'un des juges était indisponible. Ensuite ? Plus rien. Rien de rien durant des mois. Des mois à attendre et à désespérer. Des mois de messages laissés au cabinet des juges, sans réponse.

C'est fou comme la justice peut prendre son temps quand une affaire devient encombrante. Questionner les voisins, entendre les témoins, lancer les perquisitions, obtenir les expertises, interroger les fichiers centraux, acquérir la conviction que l'agresseur de Maureen Kearney n'existe pas, en déduire qu'elle a inventé ce qu'elle dénonce, chercher un mobile, conclure qu'elle est déprimée, seule, au bout du rouleau, sa vie personnelle en miettes et sa vie professionnelle aussi, la faire passer aux aveux : un mois et demi. Entendre la prévenue qui réclame son audition pour revenir sur sa confession : un an. La mettre en examen et la renvoyer en correctionnelle : encore un an. Organiser son procès : deux années supplémentaires. Cherchez l'erreur.

Maureen Kearney sera finalement entendue par les juges d'instruction en mars 2014 et protestera à nouveau de son innocence :

— J'ai été victime d'une agression. J'ai beaucoup de mal à intégrer que je suis là en tant qu'accusée et pas en tant que victime. Il y a des choses aujourd'hui que je ne me rappelle pas du tout. J'ai des flashs. Je suis une thérapie d'accompagnement pour aller de l'avant.

La syndicaliste est brisée. Elle ne parvient pas à se reconstruire, à tourner la page, à profiter du temps présent. À ses amis, elle ne parle que de son agression et de cette accusation dont elle ne se remet pas. Elle qui était si attentive aux autres a beaucoup de mal à leur consacrer du temps et de l'énergie. Elle regrette son orgueil et sa naïveté. Elle croyait qu'elle pouvait changer le monde ! Elle l'a cher payé. Si elle avait su le prix, elle ne se serait jamais lancée dans le syndicalisme. Gilles et elle auraient autre chose à faire de leur temps, à soixante ans passés, que lutter pour que son innocence soit enfin reconnue. Quel gâchis !

Avec tous ces événements, Maureen Kearney n'avait pas eu la tête à passer une IRM de son épaule, prévue initialement le matin de son agression. Quand elle a enfin été capable de se soigner, les examens médicaux ont révélé une rupture de la coiffe des rotateurs de son épaule droite. Elle a subi une opération en septembre 2013. Pour son avocat, Thibault de Montbrial, cette blessure était la preuve que sa cliente ne pouvait pas avoir tortillé ses mains dans son dos pour s'attacher, comme les gendarmes l'avaient imaginé. Le moindre mouvement lui faisait alors l'effet d'une décharge électrique dans l'épaule ! Au point que durant des semaines, elle ne s'était plus servie de sa main droite, mais seulement de la gauche. Tous les matins, Gilles lui attachait son soutien-gorge. Comment aurait-elle pu, dans ces conditions, se contorsionner et se ligoter les mains dans le dos ? S'il y avait besoin d'un fait pour démontrer qu'elle n'avait pas pu simuler son agression, il était là ! Il a donc versé au dossier d'instruction ces nouveaux éléments.

En juin 2015, une expertise médicale a confirmé que le jour de l'agression qu'elle a dénoncée, Maureen Kearney souffrait d'une rupture de la coiffe des rotateurs assurant la mobilité de son épaule droite, qui a nécessité une opération en septembre 2013. Mais aucun document ne permettait d'affirmer qu'à la date des faits, la suspecte était incapable de s'attacher elle-même.

Il s'agit là d'une des nombreuses failles de l'instruction. Les juges n'ont jamais diligenté de reconstitution pour démontrer que Maureen Kearney avait pu s'attacher les mains dans le dos. Tout reposait sur l'affirmation théorique des gendarmes que cela était possible. Mais personne n'avait essayé concrètement de voir si cela était vrai ! Et Thibault de Montbrial n'avait pas réclamé, non plus, cette reconstitution. Si elle avait été effectuée en 2013, avant l'opération de l'épaule de l'ex-syndicaliste, il aurait été facile de constater, physiquement, si la « limite fonctionnelle » de son épaule l'empêchait, ou pas, de se contorsionner. Des années plus tard, il était trop tard. On ne saurait jamais. On ne pouvait pas plus démontrer une chose que son contraire.

Les juges n'ont pas tenu compte de l'expertise médicale déposée par l'avocat de Maureen Kearney. En février 2015, ils l'ont mise en examen pour dénonciation mensongère. Le dossier d'instruction comptait 1 715 documents et plusieurs milliers de pages. Il a fallu attendre encore deux ans pour que le procès se tienne. Quand la date a approché, Maureen Kearney s'est résignée à raconter son histoire à ses nouvelles amies. Son téléphone recommençait à sonner. Des journalistes voulaient la voir. Un soir, devant les membres de son association, elle a donc pris la parole.

— Vous allez peut-être voir mon nom dans la presse.

Gilles aurait préféré qu'elle ne dise rien. Pourquoi partir si loin et vendre la maison pour reparler encore et toujours des mêmes histoires ? Il voudrait tourner la page. Recommencer à zéro. Il la soutient bien sûr. Il s'en veut encore tous les jours d'avoir été ébranlé pendant quelques heures. Il sait bien que ce moment de doute, ses mots maladroits aux gendarmes – « votre scénario est possible, à partir des mêmes éléments, on peut faire tout un tas de scénarios » – vont être utilisés contre sa femme au procès. Il y a quelques jours encore, il était dans la loge de son ami Michel Drucker, « Mimi », à la fin de son one-man-show dont il a créé l'acoustique.

— Gilou, lui a dit l'animateur, l'histoire de ta femme, c'est un vrai polar. On ne saura jamais la vérité, c'est comme pour Robert Boulin.

Ils se sont dit que cela ferait un bon scénario de série. Le spectacle, pour Gilles, a toujours été un moyen de tenir à distance les horreurs du monde.

14

C'est ainsi que Maureen Kearney, ex-secrétaire du comité de groupe européen d'Areva, se retrouve devant le tribunal le 15 mai 2017, accusée d'avoir inventé son agression. La scène a quelque chose d'écrasant. Elle, en bas, le visage levé ; ses trois juges, en surplomb, un bon mètre au-dessus d'elle. Au début, la prévenue a répondu d'une voix ferme :

— Je suis innocente des charges qui pèsent contre moi. J'ai été violemment agressée le 17 décembre 2012.

— À quelle heure cela s'est-il passé ? demande la présidente.

— Je ne me rappelle pas l'heure, je suis désolée. D'après ce que j'ai lu dans le dossier, ça devait être entre 6 h 30 et 7 heures du matin.

— Je ne vous demande pas ce que vous avez lu ou appris par cœur avec votre avocat, je vous demande ce dont vous vous souvenez, la coupe la présidente.

— Je ne me rappelle pas. Je suis désolée, madame la présidente… J'ai perdu beaucoup de mes souvenirs… C'est le noir, la terreur totale… quand vous pensez être face à la mort, il n'y a pas de mots pour expliquer la terreur qui vient…

Cela ne fait pas quinze minutes que le procès a commencé et c'est déjà le pire des scénarios. Dès les premières questions de la présidente, les proches de la syndicaliste ont retenu leur souffle. Ils assistent, impuissants, les poings serrés, les yeux écarquillés, au pilonnage systématique de leur amie qui n'arrive pas à se défendre.

Commençant par l'exposé des faits, la présidente n'a pas tardé à donner son avis sur la raison des pleurs de la syndicaliste d'Areva avant ce fameux 17 décembre 2012. Ce n'était pas de la tristesse ou du découragement, non, pour la présidente, c'était l'expression de son impuissance face à Luc Oursel, le président d'Areva. Des larmes de rage et de colère.

— Vous aviez l'habitude des rapports de force. Il se trouve que je connais assez bien le monde du travail. Être syndicaliste, ce n'est pas une vie de bisounours, c'est un milieu dur. Ce qui ressort, c'est que vous sembliez très mal vivre ces combats. Vous aviez personnalisé ces tractations avec M. Oursel…

— Je ne personnalisais pas, réagit la prévenue, j'étais tout le temps accompagnée par d'autres membres du comité de groupe européen. Luc Oursel, il avait de grandes colères…

— Dans la vie réelle, on rencontre des gens plus ou moins caractériels. Il faut bien vivre avec, passer au-dessus des humeurs des uns et des autres, la sermonne la présidente. Luc Oursel était un homme rugueux, certes, mais il n'y avait aucune raison d'en avoir peur, ajoute curieusement la présidente du tribunal, comme si elle l'avait personnellement connu (le patron d'Areva est mort deux ans plus tôt), ou comme si tous les gens du rang de Luc Oursel ne pouvaient en aucun cas inspirer la crainte.

« Ce qui est étonnant, enchaîne Chantal Charruault, c'est que cela vous affecte. Toute approche un peu vive envers vous, vous le viviez mal. L'adversité, c'est la normalité. Mais vous ne la supportez pas. Les larmes sont aussi un moyen de vaincre les oppositions. Lors des moments de confrontation avec la direction, soit vous fuyez, soit vous pleurez.

— Cela fait quarante ans que je pleure, madame. C'est un signe de tristesse. Je viens d'une famille, madame, où on avait le droit de montrer ses émotions et…

— S'il vous plaît ! On peut en revenir aux faits ?

Maureen Kearney vacille. Ses jambes ne la portent plus. Thibault de Montbrial pousse précipitamment une chaise sur laquelle elle s'écroule. Tandis que la présidente du tribunal reprend l'exposé des faits, la prévenue se recroqueville sur elle-même, les bras enroulés autour de la taille, serrés sur ce ventre où la pointe d'un couteau a tracé un « A » cinq ans auparavant.

— Vous êtes décrite comme obnubilée par ce contrat, reprend la présidente. Votre fille a dit que vous aviez des tendances suicidaires…

Fiona fait non de la tête et sa queue de cheval fouette ses joues. Elle avait vingt-cinq ans au moment des faits, elle était « en pleine crise et très en colère après sa mère », a-t-elle expliqué aux amis de ses parents. À l'époque de ces déclarations aux gendarmes, elle venait de perdre une de ses meilleures amies qui s'était suicidée en se jetant de la fenêtre de chez son psychiatre.

— … Vous étiez déstabilisée par le contexte et assez dépressive, continue la présidente. Vous avez eu des périodes d'alcoolisme. Vous consommez du cannabis. Vous avez commencé un traitement aux antidépresseurs la veille des faits que vous avez dénoncés. Est-ce que ça vous provoque des rêves, ces médicaments ?

— Non, non, madame la présidente, je ne rêvais pas.

Cette dernière enchaîne :

— Comment expliquez-vous que quelqu'un vienne les mains vides pour vous agresser ?

— Je ne l'explique pas, madame, je n'ai jamais agressé personne.

— Il a commencé par vous attacher les pieds, dites-vous, avant les mains. Du point de vue de l'agresseur, ça manque de logique. Ce n'est pas très logique non plus la manière d'attacher les mains dans le dos en tortillant le scotch. C'est plutôt compatible avec des liens que vous auriez faits vous-même.

— Je n'ai pas fait les liens moi-même, non, ce n'est pas vrai.

— Le fait qu'il vous ait baissé le collant…

— Non, gémit la syndicaliste.

— … ce qui paraît mal pratique du point de vue de l'agresseur. Il aurait été plus simple de les déchirer, surtout s'il avait un couteau en main. Vous ne portiez pas de culotte sous votre collant. Autre incohérence : d'après vous, il se serait passé six heures entre votre agression et l'arrivée de la femme de ménage. Six heures durant lesquelles vous n'auriez eu aucune réaction physiologique pour expulser le couteau du vagin…

Maureen Kearney pleure en silence. Elle presse convulsivement ses bras sur son ventre chaque fois que le mot « vagin » est prononcé. « Vagin » : cric, une pression des bras. « Vagin vagin », deux fois dans la même phrase : cric cric, deux pressions des bras. Gilles, très pâle, a les yeux rivés sur elle. Fiona, les joues brûlantes, laisse les larmes couler. Catherine, la femme de Jean-Pierre Bachmann, se lève et sort. Elle ne supporte pas de voir Maureen souffrir. Elle est une des rares personnes, avec Véronique, à connaître le secret de son amie, cet autre viol. C'est une chose qu'on se confie entre femmes, mais qu'on n'aime pas trop raconter. Mais on sait. On sait que l'autre sait. On sait que l'autre sait ce que ça fait et comment on vit avec. Pas besoin de beaucoup de mots. Il suffit d'un regard. Ou d'un silence.

Les amies les plus proches de Maureen savent que, lors du procès pour le viol subi le 17 mars 1976 sur la route de Rognes, dans la région d'Aix-en-Provence, les avocats du violeur avaient mis en cause son statut de victime. Parce qu'elle ne portait pas de culotte sous ses collants et que ses collants n'avaient pas été déchirés mais ôtés, parce qu'elle ne s'était pas débattue, piégée dans une voiture aux quatre portes fermées (c'était le début des commandes centralisées des portières), ils avaient essayé de démontrer que la jeune Irlandaise était consentante. Un homme s'était arrêté, l'avait prise en auto-stop et elle aurait subitement eu envie de faire l'amour avec lui, sur le bord de la route, avec les portières verrouillées. Le violeur, trente-deux ans, marié, un enfant, éleveur de profession, avait bénéficié de « circonstances atténuantes » de la part des jurés de la cour d'assises d'Aix-en-Provence. Le 19 octobre 1977, il avait été condamné à trois ans de prison, dont deux avec sursis.

Et voilà que l'histoire se répète. On doute de la parole de Maureen. Mais pourquoi Chantal Charruault insiste-t-elle autant sur l'absence de culotte sous les collants de la syndicaliste, des collants, rappelle-t-elle, qui n'ont pas été déchirés ? Que de sous-entendus et de préjugés. Qu'est-ce que tout cela signifie ? Qu'une femme « normale » porte toujours une culotte sous ses collants ? Insupportable répétition de l'histoire. L'Irlandaise n'est pas une victime. Tout ce qui lui est arrivé, d'une manière ou d'une autre, elle l'a quand même un peu cherché.

La présidente du tribunal montre des signes d'impatience. Elle n'arrive pas à tirer quoi que ce soit de cette prévenue. Une audience, c'est un moment de vérité. Celui où, confronté à une accusation bien ficelée, le mis en examen s'enferre dans ses mensonges.

De ces contradictions, les juges tirent alors la conviction, quasi jubilatoire, que la justice a bien été menée.

Mais là, rien de tel. Maureen Kearney ne répond pas, elle ne se justifie pas, elle ne se révolte pas. Il ne reste, de la syndicaliste, qu'un pantin désarticulé dans des vêtements trop grands, une boule de chiffons affaissée sur ce ventre au centre des débats. Le couteau aurait-il dû être expulsé ? Le « A » pouvait-il être tracé sans déplisser la peau ? Les menottes en scotch pouvaient-elles être tortillées par un agresseur extérieur ? A-t-elle – ou n'a-t-elle pas – été la victime d'un viol accompagné d'actes de torture et de barbarie et de séquestration sans libération volontaire ?

Fiona et Neil se lèvent et quittent à leur tour la salle. Ils attendront dans le couloir. Le tribunal de grande instance de Versailles, Neil le connaît bien. Ces murs en brique rouge, cet escalier en bois froid. Il y a dix ans, c'est ici que son agresseur à lui a été jugé. Au moment des faits, il avait une douzaine d'années. Avec les copains du quartier, ils allaient souvent chez un voisin de ses parents qui leur prêtait un garage. Ils avaient un groupe de rock et répétaient à grands coups de riffs de guitare. À l'adolescence, Neil s'était renfermé, il n'était ni violent ni délinquant, mais silencieux, songeur, détaché. À l'âge de sa première grande histoire d'amour, vers dix-huit ans, il avait tout raconté à sa petite amie puis à sa mère. Maureen Kearney avait plongé dans une profonde dépression. Elle s'était mise à boire, avait fait plusieurs tentatives de suicide. Elle culpabilisait, elle n'avait pas su protéger son enfant, elle avait échoué en tant que mère. Tout cela était pire que son viol à elle. Le sien, c'était la fatalité, elle n'aurait rien pu faire pour l'éviter. Mais l'agression de son fils relevait de sa responsabilité. Elle devait veiller sur lui. C'était sa mission et son devoir.

C'est à cette époque que Maureen Kearney a consulté pour la première fois le psychiatre qui la suit toujours. Neil, aussi, a suivi une thérapie. Mère et fils se sont battus, côte à côte, pour que l'agresseur de Neil soit jugé et condamné. C'était juste à côté de la salle où Maureen comparaît aujourd'hui. En ce moment, à l'intérieur de la salle C, les juges sont en train d'utiliser son agression à lui et la dépression de sa mère pour démontrer que toute cette histoire l'a rendue folle. Neil ne veut pas voir ça.

Le premier témoin appelé à la barre est François. Les juges l'ont nommé « Francisco » parce que c'est le nom de baptême donné par ses parents espagnols. Mais, dans la vraie vie, personne ne l'appelle jamais comme ça. Quand ce prénom résonne entre les murs du tribunal, ses amis pouffent. Ils se retournent pour chercher du regard ce « Francisco » dont ils n'ont jamais entendu parler. Le voilà qui explique au tribunal :

— J'ai essayé plusieurs fois de m'attacher comme Maureen est censée l'avoir fait. Pas plus tard qu'hier encore, j'ai tenté de me ligoter tout seul avec du scotch en le tortillant en menottes. C'est impossible. Pas une seule fois je n'y suis arrivé.

On ne voit pas l'orifice d'où sortent ces mots. La bouche de François est couverte d'une grosse moustache brune qui tressaute au rythme de ses phrases. Et c'est comme si cette absence de bouche réduisait la portée de ses mots. Pourquoi le tribunal ne semble-t-il pas l'écouter ? L'une des juges a-t-elle déjà essayé de s'attacher les mains par-devant, puis de passer les bras entravés sous les pieds d'une chaise, le tout avec une épaule inerte et douloureuse ?

Véronique s'avance ensuite à la barre. Elle s'y agrippe pour raconter ces quelques jours surréalistes où elle a essayé d'écrire la fausse lettre d'aveux de son amie.

— On a essayé d'écrire cette lettre, on a vraiment essayé, mais on n'y arrivait pas. Et puis Maureen n'a pas accepté de s'accuser alors qu'elle n'avait rien fait.

Dans la salle C du tribunal de Versailles, le dernier témoin entre. Après François et Véronique, voici Jean-Pierre, l'homme au regard fier et généreux. Il ne cesse de fixer sa militante, une militante « exceptionnelle », avec des qualités « hors norme », en qui il a gardé toute sa « confiance », dit-il d'une voix rendue sourde par l'émotion.

— Personnellement, je ne crois pas du tout au fait qu'elle ait inventé son agression. J'ai la conviction absolue du contraire.

— Le fait que vous soyez ami avec Maureen Kearney ne biaise-t-il pas votre jugement ? interroge la présidente, qui a salué auparavant l'engagement militant de Jean-Pierre Bachmann avec déférence.

Jean-Pierre est une personne qui compte dans la hiérarchie sociale maintenant, pas du niveau de Luc Oursel, mais tout de même, depuis qu'il est devenu secrétaire général de l'Union fédérale des syndicats du nucléaire, il appartient à la classe dirigeante. Est-ce pour cette raison que Chantal Charruault lui montre un respect qu'elle n'a pas eu pour les autres témoins ?

— Madame, j'aurais beaucoup à perdre pour ma réputation et pour l'image de mon syndicat dans une affaire qui serait douteuse. J'ai toujours été certain que Maureen avait été agressée.

Durant tout son procès, Maureen Kearney aura été sa plus mauvaise avocate. Qu'est-ce qu'une bonne victime aux yeux de la justice française ? Une victime crédible aurait été attentive à ce qui se passait dans sa maison, ce 17 décembre 2012 ; elle n'aurait pas eu l'esprit ailleurs, elle aurait entendu quelqu'un qui déambulait ; elle aurait vu dans le miroir son agresseur qui arrivait derrière elle ; elle aurait eu le réflexe de tirer sur le bonnet pour voir, à travers les mailles, le visage de son agresseur ; pendant que ce dernier s'agaçait avec le scotch, cet agresseur qu'elle pensait armé d'un pistolet, elle l'aurait violenté, griffé, tapé ; elle n'aurait pas eu peur de mourir ; elle ne serait pas entrée en état de sidération, de dissociation ; elle pourrait donc, aujourd'hui, jour de son procès, expliquer précisément pourquoi elle est restée six heures sans bouger, expliquer pourquoi elle avait distendu les liens de ses poignets sans parvenir à s'en défaire tout à fait ; elle pourrait donner moult détails, devant son mari et ses enfants, sur la manière dont son agresseur lui a baissé son collant sans le filer et découvert son sexe ; comment il a pu lui introduire un couteau sans provoquer de lésion et pourquoi il est allé chercher de la margarine dans le frigo ; elle n'aurait pas cru que son agresseur l'avait éventrée alors que sa blessure n'était que superficielle. Ni que ses intestins s'étaient échappés de son ventre pour se répandre, chauds et humides, sur ses genoux serrés.

Voilà qui aurait constitué une attitude rationnelle. Alors que toutes ces déclarations du type « je ne sais pas », « je ne me rappelle pas » et ses sanglots ont éclaté, sous le plafond haut du tribunal, comme autant d'aveux de son impuissance et de sa culpabilité.

Quand Thibault de Montbrial s'est levé pour sa plaidoirie, c'est tout cela qu'il entendait démontrer. Point par point, il a repris les « incohérences » reprochées à sa cliente et a souligné que tout était affaire d'interprétation, d'intime conviction, voire de mauvaise foi, mais qu'il n'y avait, dans ce dossier, aucune preuve irréfutable. Un agresseur vient forcément avec son matériel – sérieusement ? –, il découpe le collant mais ne le baisse pas – vous êtes sérieux, là ? –, sa cliente aurait pu se tortiller avec une épaule dont les rotateurs étaient abîmés – vraiment ? – et on organise un simulacre de reconstitution sans la femme de ménage qui était pourtant le premier témoin sur les lieux – c'est sérieux, ça ?

— Qu'on arrête de faire le procès de ma cliente qui aurait été capable de s'attacher les mains dans le dos comme une Gérard Majax des temps modernes.

À la fin de la plaidoirie de la défense, Chantal Charruault avait perdu son petit sourire satisfait. Avec sa gueule de travers, on aurait dit un tableau de Picasso. Les yeux d'un côté, la bouche de l'autre et, au milieu, un grand désordre. Alors que la salle se vidait, elle s'est penchée vers Thibault de Montbrial et lui a demandé à voix basse :

— Je n'ai pas pu imprimer toutes les pièces du dossier, mon imprimante a une capacité limitée, est-ce que vous pourriez me les faire parvenir ?

En bas, sur le trottoir, les amis de Maureen Kearney se congratulaient déjà. Ils avaient été éblouis par la plaidoirie de Montbrial, ils ne doutaient pas de la relaxe.

— Attention, demain, il n'y aura plus de Montbrial devant les juges. Demain, c'est avec ses collègues du tribunal de Versailles que la présidente va déjeuner à la buvette, a lancé Gilles.

Le mari de la syndicaliste pense que le meilleur moyen de n'être jamais déçu est toujours d'envisager le pire et de ne rien espérer.

Jugement correctionnel du 6 juillet 2017, tribunal de grande instance de Versailles

[...] Attendu enfin, s'agissant du rôle qui serait conféré à Maureen KEARNEY dans le cadre de la signature des accords en cause, que le président du directoire du groupe AREVA a précisé que l'accord litigieux était déjà conclu avant l'agression et que l'action syndicale n'était pas de nature à le gêner, qu'il a toutefois ajouté que « les discussions au sein du comité de groupe européen n'ont gêné personne et je ne pense pas que ces discussions aient été connues des Chinois. C'est le battage médiatique suite à l'agression de Mme KEARNEY que les Chinois n'ont pas aimé. Cela ne fera pas échec à l'accord mais ne va pas le simplifier » ;

Qu'une telle déclaration laisse à penser que l'agression apparaît comme l'ultime moyen de lutte contre les accords dont elle dénonce, de façon obsessionnelle, avec force et ferveur la nocivité ;

Attendu, en conséquence, que l'analyse des déclarations de la prévenue, confrontées et analysées au prisme des constatations matérielles, médicales, de personnalité, du mobile, caractérise un faisceau d'éléments convergents établissant le caractère imaginaire et mensonger de l'agression, ce d'autant qu'ils ne sont combattus et démentis par aucun élément objectif probant, ce faisceau d'éléments étant lui-même renforcé par les aveux de la prévenue, eux-mêmes renforcés par le défaut de contestation du classement sans suite,

PAR CES MOTIFS

Le tribunal, statuant publiquement, en premier ressort et contradictoirement à l'égard de KEARNEY Maureen épouse HUGO,

Déclare KEARNEY Maureen épouse HUGO coupable des faits qui lui sont reprochés ;

Condamne KEARNEY Maureen épouse HUGO à un emprisonnement délictuel de CINQ MOIS ; dit qu'il sera sursis totalement à l'exécution de cette peine ;

Condamne KEARNEY Maureen épouse HUGO au paiement d'une amende de 5 000 euros.

15

J'ai assisté au procès de Maureen Kearney. Je l'avais revue, quelques jours auparavant, pour la première fois depuis quatre ans. Après sa condamnation, j'ai décidé de reprendre l'enquête à zéro. J'ai rencontré plusieurs gendarmes de la section de recherches de Versailles, pour comprendre l'origine de leur intime conviction, mais je tournais en rond. Tous me répétaient la liste des incohérences qu'ils avaient dressée et on pouvait pinailler pendant des heures sur la possibilité qu'un agresseur fasse une reconnaissance et aille chercher le scotch dans la remise sans être entendu à l'intérieur de la maison, on n'avançait pas. Tout était affaire d'hypothèses. « Le faisceau d'éléments convergents établissant le caractère imaginaire et mensonger de l'agression », cité dans le jugement, ne constituait pas une preuve suffisante de culpabilité de la syndicaliste.

À chaque fin d'interview, je parlais aux gendarmes de l'agression au cutter de la femme du cadre de Veolia. Je leur rappelais qu'ils avaient demandé copie du dossier, mais que celui-ci avait disparu. Je leur disais ce que je savais du mari de la victime : il travaillait chez Veolia à l'époque où Henri Proglio en était le président, il s'était opposé à l'intermédiaire Alexandre Djouhri. Le même contexte, le même mode opératoire, à six ans d'intervalle, je trouvais ces coïncidences bizarres. Mais les gendarmes donnaient toujours une explication :

— Peut-être que la syndicaliste avait entendu parler de cette agression et qu'elle avait recopié le mode opératoire pour que sa mise en scène ait l'air plus crédible.

Aux yeux des enquêteurs, la syndicaliste était une femme dépressive, alcoolique et suicidaire, et, en même temps, une manipulatrice de grand sang-froid. Ils n'y voyaient aucune contradiction. Une seule chose les ébranlait, cependant, quand je le suggérais : et s'il existait des détails communs aux deux agressions qui n'avaient pas été rendus publics ? Il y avait bien eu un ou deux articles dans les journaux après l'agression de la femme du cadre de Veolia, qui avait accordé une seule interview, mais peut-être que tout n'avait pas été dit.

J'ai fini par retrouver sa trace. Une adresse. Mais pas de numéro de téléphone. J'ai décidé d'y aller. Un coup de poker. J'ai sonné à la porte, espérant qu'elle soit là et qu'elle accepte de me recevoir. Au cas où je trouverais porte close, j'avais rédigé une longue lettre, à la main, que je comptais glisser sous la porte.

« Madame, avais-je écrit, vous ne me connaissez pas et, sans doute, n'avez-vous pas envie de remuer ces choses douloureuses. J'enquête actuellement sur l'histoire d'une syndicaliste d'Areva. Cette syndicaliste dit qu'elle a été agressée à son domicile, un matin qu'elle était seule, par un homme dont elle n'a pas vu le visage, qu'il l'a violée et lui a scarifié le ventre. Elle vient d'être condamnée pour avoir inventé son agression. Les faits qu'elle décrit présentent une ressemblance troublante avec ceux que vous avez subis. Je voudrais en parler avec vous. Voici mon numéro de portable. »

Je me souviens qu'il pleuvait, c'était en décembre, quelques jours avant Noël, j'avais un bonnet sur la tête et mon sac à la main et, quand la porte s'est ouverte, j'ai vraiment cru à un miracle :

— Bonjour, pardon de vous déranger chez vous, vous allez trouver ma question étrange, mais j'enquête sur une agression…

Allez savoir pourquoi, elle m'a laissée entrer. Je me suis retrouvée dans son salon, assise sur son canapé en cuir marron. Je lui ai demandé de me raconter son histoire. Sa mère, présente ce jour-là, est restée debout face à nous, comme pour signifier sa réprobation. Elle n'avait visiblement pas envie que sa fille raconte. La pièce paraissait étrangement vide.

— Vous avez de la chance de m'avoir trouvée, m'a-t-elle expliqué. Nous rentrons de l'étranger et allons bientôt repartir. Nous sommes encore dans les cartons. Ma mère est venue pour m'aider. Nous avons un peu de temps avant que mes enfants reviennent de l'école.

J'observais cette femme brune, aux yeux sensibles, aux mains agitées, au sourire généreux, les cheveux courts. Elle ne me connaissait pas depuis cinq minutes qu'elle m'avait ouvert son cœur blessé. Comme si elle n'avait attendu que ça, qu'une journaliste vienne sonner à sa porte, un après-midi gris de décembre, pour l'écouter et la croire.

« Tout a commencé en 2004. Mon mari dirigeait la stratégie de la branche ingénierie d'eau de Veolia pour le Moyen-Orient et l'Afrique. Il avait un projet de créer une nouvelle filiale de Veolia pour tous les pays du Golfe, qui réunirait le traitement de l'eau et le ramassage des déchets, un marché énorme, plusieurs milliards d'euros je crois. Il a fait la connaissance d'un homme prêt à investir avec Veolia, un Tunisien appelé Mohamed Ajroudi, qui était proche de la famille royale d'Arabie saoudite. Mon mari s'est retrouvé à un déjeuner avec un député français, Alain Marsaud, qui lui a présenté "celui sans qui Henri Proglio n'est rien". C'était Alexandre Djouhri. Quelques jours plus tard, les mêmes personnes déjeunaient à l'hôtel George-V avec Henri Proglio. L'ambiance était détendue, les grands crus de Bordeaux coulaient à flots mais, quand Henri Proglio a quitté la table, le ton est monté. Alexandre Djouhri a réclamé sa part du deal, 20 % de mémoire, mais Mohamed Ajroudi a refusé et mon mari le soutenait.

« Les négociations ont duré des semaines. L'affaire s'est enlisée et envenimée, au point que mon mari a été licencié de Veolia, au motif qu'il aurait "tutoyé et menacé" un supérieur. Un prétexte. En décembre, l'histoire a pris un tour rocambolesque.

Djouhri et l'autre intermédiaire, Ajroudi, se sont croisés par hasard à l'hôtel George-V. Ils en sont venus aux mains. La police a embarqué Djouhri qui a fini la nuit en cellule de dégrisement.

« Après ça, mon mari a décidé de tout déballer à la justice. Il a écrit une longue lettre de dénonciation au procureur de Paris où il a évoqué des pots-de-vin versés par Veolia au Moyen-Orient.

« À compter de ce jour, notre vie est devenue un enfer. On a commencé à recevoir des menaces. Un jour, c'était une croix peinte en rouge sur la porte de la maison ; le lendemain, un cercueil de la même couleur, sur le portail ; un autre jour, une inscription sur la fenêtre : "T'es mort. 1 + 4 = 5" (nous sommes cinq dans la famille) ; plus tard, l'inscription au rouge à lèvres sur la poubelle "5 – 4 – 3 – 2 – 1". Mon mari a porté plainte pour menaces de mort à la gendarmerie du coin, mais il ne voulait pas lâcher. On avait l'impression d'être dans un film d'horreur. Chaque jour qui passait était une nouvelle occasion de nous terroriser. On découvrait des inscriptions sur les fenêtres : "Alors, les enfants, ça va mieux la varicelle ?"

« Je venais juste de prendre rendez-vous chez le médecin. Quelques jours plus tard, c'est le directeur de l'école qui m'a appelée pour que je vienne chercher les enfants : il avait reçu un appel de menaces. Une fois, mon mari était en haut, dans une chambre avec le Velux ouvert, et un mot retenu par un élastique autour d'un caillou est tombé pile au milieu de la pièce.

« On se sentait épiés et surveillés. C'était tous les jours. "Ferme-la", "T'es mort", sur le pare-brise de la voiture ou sur la boîte aux lettres. Le pire, c'est le jour où on s'est levés et qu'on a trouvé un message sur le tableau magnétique de la chambre des enfants : quelqu'un était entré pendant la nuit et on n'avait rien entendu. Mais mon mari, c'est un coriace, il ne voulait pas se laisser impressionner. Il avait dérangé un système politico-financier qui voulait détruire notre famille, je ne sais pas d'où ça venait, mais ça venait forcément de très haut. Ils savaient tout de nous.

« Un après-midi, en juin 2006, j'étais seule à la maison. J'étais décoratrice d'intérieur à l'époque, je travaillais chez moi. Il faisait chaud, les portes-fenêtres donnant sur le jardin étaient ouvertes. Ils étaient trois, avec des cagoules, des combinaisons noires et des gants. Ils m'ont attrapée, traînée dans la cuisine, ils m'ont sanglé les mains, ils ont sorti un cutter et ils m'ont tailladé une croix sur le ventre et un cercueil au-dessus du sein qu'on m'avait enlevé à la suite d'un cancer. Puis ils m'ont violée et sont partis. J'ai mis du temps à me détacher et j'ai appelé mon mari. Il m'a emmenée à l'hôpital et on a déposé plainte. Le gendarme est venu et a dit que ça devait être des professionnels. Ils n'ont trouvé aucune empreinte dans la maison. Plus tard, le capitaine qui était chargé de l'enquête a dit à mon mari qu'ils n'avaient trouvé aucune piste, qu'il trouvait que mon récit n'était pas très cohérent, qu'il se demandait si je n'avais pas tout inventé, j'avais déjà été violée dans ma jeunesse, cela s'est retourné contre moi. J'en ai beaucoup voulu à mon mari parce qu'il ne m'a pas assez défendue à mes yeux. On aurait dit que lui aussi s'était mis à douter. Ensuite, on nous a dit que l'enquête avait été abandonnée. Mon mari a fini par retirer sa plainte et les menaces se sont arrêtées. Et puis on est partis loin d'ici. »

Elle en était là de son récit quand ses enfants sont rentrés de l'école. Deux beaux adolescents bruns qui ont eu l'air un peu surpris de me trouver assise là, au milieu du salon, avec leur mère en pleine conversation et leur grand-mère, debout et silencieuse, les sourcils froncés et l'air réprobateur.

— C'est une dame..., a commencé par dire la maman pour expliquer ma présence sans savoir quoi ajouter...

Un silence gêné s'est installé et je me suis levée :

— J'allais partir, je ne veux pas vous déranger plus longtemps.

Elle a gentiment proposé de me raccompagner à la gare en voiture. En chemin, on s'est promis de se revoir. Je lui ai demandé de me retrouver une copie de sa plainte. Je voulais voir les détails écrits noir sur blanc. Nous avions pris rendez-vous pour la semaine suivante. La veille, elle a annulé la rencontre en disant que ces souvenirs étaient trop douloureux, elle n'avait pas dormi de la nuit. Elle n'a plus jamais répondu à mes messages.

Sur le chemin du retour, ce jour où elle m'avait raconté son histoire, je laissais mon regard errer sur les toits des pavillons qui longeaient la voie ferrée. Tristes et gris, ils étaient luisants de pluie comme si des larmes avaient roulé sur eux. Mon esprit vagabondait. Des bribes de conversation me revenaient. Comme lorsque j'avais demandé, chez Veolia, ce qu'était devenu le cadre :

— On ne l'a jamais revu. On disait qu'il était fou, qu'il avait inventé cette histoire de menaces chez lui.

Exactement ce qu'on m'avait répondu chez Areva quand j'avais posé des questions sur Maureen Kearney.

Qu'est-ce que cette folie bien commode était censée dissimuler ? Je repensai au livre de Virginie Despentes, *King Kong Théorie*, que j'avais lu l'été précédent. Me revint une phrase qui avait retenu mon attention, par son incongruité et son évidence mêlées :

Le viol est un programme politique précis : squelette du capitalisme, il est la représentation crue et directe de l'exercice du pouvoir.

Personne ne savait que la femme du cadre de Veolia avait subi une agression sexuelle. Cela n'avait été mentionné dans aucun article. Maureen Kearney ne pouvait pas le savoir. Elle ne pouvait pas avoir calqué son propre récit sur cet autre viol. Je ne pouvais plus exclure l'hypothèse qu'un même commando les avait agressées toutes les deux, à six ans d'intervalle, et qu'il pouvait continuer à sévir. Il y avait dans le choix des victimes, deux femmes au lourd passé, avec une fragilité intérieure, ayant déjà subi une agression sexuelle, une perversité destinée à briser. Les cibles ? Des femmes considérées comme des maillons faibles par des hommes qui n'avaient rien laissé au hasard.

Alors que le train filait en direction de Paris, je décidai, cet après-midi-là, de raconter dans un livre l'histoire de Maureen Kearney, née à Londres de parents irlandais, venue en France par amour et pour enseigner l'anglais, devenue, par le fruit des circonstances, syndicaliste chez Areva et secrétaire du comité de groupe européen, représentante de 45 000 salariés en Europe.

16

Huit mois plus tard, s'est ouvert le second procès de la syndicaliste à la cour d'appel de Versailles. Nous étions le mercredi 19 septembre 2018. Un soleil chaud d'été indien a cuit, tout l'après-midi, la quarantaine de salariés d'Areva venus soutenir leur ancienne camarade. Des heures à attendre, les traits tirés, les yeux rougis de s'être éveillés quand il faisait encore nuit. Ils sont venus de toute la France : Pierrelatte, Bordeaux, La Hague, Tours, Marcoule, à l'appel de Jean-Pierre Bachmann et de l'Union fédérale CFDT des syndicats du nucléaire.

— Il est temps de sortir de notre silence et de nous mobiliser pour Maureen, leur avait dit Jean-Pierre.

Lors du procès en première instance, la syndicaliste et son avocat n'avaient pas souhaité que les camarades se mobilisent. Les amis étaient venus, mais la section CFDT s'était tue. Cette fois, le syndicat a diffusé, dès le matin, un communiqué intitulé « Justice et soutien pour Maureen Kearney lanceuse d'alerte !!! » :

À l'époque secrétaire du comité de groupe européen d'Areva, Maureen avait été mandatée par la CFDT pour obtenir des informations sur un contrat avec la Chine qui nous faisait redouter un transfert de technologies et d'importantes pertes d'emplois en France [...]. Le procès se déroula quatre ans plus tard et malgré une plaidoirie de la défense exceptionnelle, le verdict prononcé fut stupéfiant : « dénonciation de crime imaginaire » !

Nous, ses camarades et amis, avons décidé de nous battre à ses côtés pour faire reconnaître son innocence et sa situation de victime. Cette lâche et violente agression ne peut rester impunie : ce serait accepter le risque que demain d'autres militants se fassent à leur tour agresser alors qu'ils œuvrent à défendre les salariés et la vérité !

La CFDT n'a jamais lâché son ancienne syndicaliste. Quelques jours plus tôt, Laurent Berger a adressé un message de soutien à Maureen Kearney. Le syndicat a pris en charge tous les frais d'avocat de Maureen, qui n'aurait jamais eu les moyens de s'offrir les services de ténors du barreau. Si les plus hautes instances du syndicat ont accepté de payer, ce n'est pas seulement par amitié et par fidélité envers Maureen Kearney. Quelque chose de plus grand est en jeu. La possibilité de poursuivre le combat, de ne pas céder, de ne pas avoir peur. Si son syndicat abandonnait sa militante en difficulté, qui, demain, irait jusqu'au bout pour une victoire ?

Les camarades se sont retrouvés à 13 heures devant l'imposant portail de la cour d'appel de Versailles. Jean-Pierre avait apporté des gilets jaune fluo siglés CFDT, ceux des manifestations. Ils les ont enfilés et ont posé pour une photo bon enfant, avec Maureen au milieu d'eux, sans gilet. Elle est maintenant à la retraite, elle n'est plus syndicaliste et plus jamais, jamais, elle ne s'approchera du monde de l'entreprise. Elle dit qu'elle regrette, que si elle avait su, elle ne se serait jamais lancée là-dedans. Il règne, devant la cour d'appel, une ambiance de kermesse, comme au bon vieux temps. On s'échange des nouvelles, on se rappelle des souvenirs, on se montre des photos d'anciens combats sur les téléphones. Comme ce cliché de Maureen et Jean-Pierre, bras dessus, bras dessous et hilares dans la cour de l'Élysée, un jour qu'ils avaient rendez-vous avec le conseiller énergie de François Hollande, au printemps 2012.

Les gendarmes de garde ont fait les yeux ronds quand la troupe s'est présentée devant le portique de sécurité. Personne ne vient jamais assister aux audiences en appel bien qu'elles soient ouvertes au public – les salles y sont d'ailleurs bien plus petites que celles du tribunal de grande instance –, et encore moins avec des accoutrements de défilé du 1er Mai. Les gendarmes ont demandé aux syndicalistes d'enlever leurs gilets jaunes. Ils forment maintenant un petit tas coloré à côté de la machine à rayons X à l'entrée.

Pendant cinq heures, les anciens camarades de la syndicaliste ont écouté, avec patience, des histoires de couples déchirés, de femmes violentées, de pensions non payées.

— C'est du Zola ici, a glissé un costaud en T-shirt CFDT.

Ceux qui étaient présents lors du premier procès de Maureen Kearney trouvaient qu'elle avait l'air plus détendu. L'année précédente, tétanisée et tremblante, la syndicaliste s'était montrée incapable de répondre aux questions du tribunal, renforçant par ses silences et ses larmes l'hypothèse d'une invention de sa part.

Aujourd'hui, la syndicaliste est accompagnée d'un nouvel avocat. Pendant l'hiver, elle s'est séparée de Thibault de Montbrial, en accord avec la direction de la CFDT. Avec « Thibault », quelque chose s'était brisé après la condamnation de juillet 2017, cette confiance absolue que l'on doit éprouver à l'égard de celui dont on espère son salut. Il fallait un choc, un nouveau regard, une autre stratégie, un style différent. Le bouillonnant et percutant Thibault de Montbrial a laissé la place au cultivé et méticuleux Hervé Temime. Issu de la bonne bourgeoisie versaillaise et féru d'art contemporain, cet autre ténor du barreau est connu pour apprécier la compagnie des stars et des puissants. Après Gérard Depardieu, Nathalie Baye, Catherine Deneuve, Roman Polanski, le chef d'entreprise Alain Afflelou et le groupe pharmaceutique Servier, il défend maintenant Laura Smet, la fille de Johnny Hallyday, dans la bataille autour de la succession du chanteur, ainsi que Bernard Tapie. À Maureen Kearney, il a proposé une défense classique : analyse des faits, pas d'affectif. Il la vouvoie et a confié le dossier à un collaborateur prometteur, Balthazar Lévy, fils d'une ancienne figure du barreau, Thierry Lévy, connu pour son engagement contre les prisons. Du père, le fils tient le visage émacié, profil taillé au couteau, joues creusées et lèvres fines. Mais il paraît aussi calme et mesuré que son père était craint pour sa hargne et sa rage.

L'audience en appel a démarré de la même manière que le procès en correctionnelle. Assis à la droite du président de la cour d'appel, le premier conseiller dirige les débats. Cheveux gris coiffés en brosse, des sourcils en accent circonflexe, les paupières et les joues tombantes, et une bouche qui, au repos, forme un demi-cercle aux pointes tournées vers le bas. Une tête de bouledogue. Mais une tête de bouledogue qui s'adoucit dès qu'il parle. De sa voix claire et bienveillante, il a appelé la syndicaliste à la barre :

— Vous avez été condamnée parce qu'on estime que vous avez menti.

En robe ajustée bleu marine et manteau léger à motifs bleu clair, Maureen Kearney, très droite face à ses juges, les mains serrées dans le dos, a, pour la première fois, donné une version complète des faits :

— Je me souviens très bien que j'étais dans la salle de bains vers 6 h 30 du matin. Chaque matin, je me brosse les dents juste avant de partir. J'étais penchée quand on m'a mis quelque chose de noir sur la tête par-derrière. J'ai senti quelque chose au milieu de mon dos, je me suis dit, c'est un revolver. Je sentais mon sang très fort, j'avais l'impression que mon cœur allait traverser ma poitrine. J'étais éteinte, terrifiée, pétrifiée, incapable de rien faire. Il m'a assise sur les toilettes et m'a mis quelque chose sur la bouche. Après la salle de bains, j'étais dans le salon, c'est assez flou, comme au ralenti. Quand j'étais sur la chaise, c'est assez flou aussi. J'étais obsédée par ce revolver, j'avais entendu sur ma gauche un bruit mat sur la table du salon, je pensais qu'il avait posé son revolver. Il a baissé mes collants, je n'ai pas le souvenir qu'il a remonté la robe, et je me rappelle le couteau sur le ventre, je le sens. Il me grattait le ventre. Là, c'est comme si j'étais plus là, j'avais l'impression que mes intestins étaient sur mes genoux, qu'il ne fallait pas que je bouge sinon mes intestins tomberaient par terre. Après, c'est comme si je n'étais plus présente, comme si je sentais à peine, j'ai l'impression d'avoir rien senti, il me poussait quelque chose contre le vagin, j'en ai un vague souvenir, après le couteau est rentré… – *silence, la voix de la syndicaliste s'est enrouée* –… et là c'est fini. J'imagine qu'il est parti, j'ai l'impression que je me suis endormie, je me suis réveillée quand j'ai entendu quelque chose claquer, la porte. Ensuite, je ne sais pas, j'ai essayé de tirer les liens dans le dos, quand je bougeais l'épaule ça faisait comme une décharge électrique. Je n'ai pas de souvenir de l'arrivée de ma femme de ménage. Elle m'a détachée. Je ne voulais pas qu'elle appelle la police. Je me disais qu'il allait revenir, qu'il y aurait des représailles. Quand la police arrive, je suis dans un nuage, je n'ai aucun souvenir dans l'ambulance. Quand je suis rentrée à la maison le soir, j'étais hystérique. Je voulais vendre la maison tout de suite. Je me suis installée dans le salon entourée de chaises avec des casseroles dessus.

La défense n'a cité qu'un seul témoin, le docteur Gérard Chaput. Il suit la syndicaliste depuis septembre 2017. C'est Thibault de Montbrial, un ami, qui lui avait demandé personnellement de s'occuper de Maureen. L'avocat estimait que les thérapies suivies jusque-là n'avaient pas donné de résultats probants et qu'elle devait être capable de raconter les faits à son procès en appel. Le docteur Gérard Chaput est un médecin militaire à la retraite, psychologue spécialisé en psycho-traumatologie. Il s'occupe des forces spéciales françaises, a été désigné par le gouvernement pour assister les victimes des attentats du 13 novembre 2015, il est président des Sentinelles de la Nation et œuvre pour « la reconstruction psychique des blessés de la Nation ».

Il s'avance, petit homme au corps et au visage ronds, Légion d'honneur à la boutonnière. Explique sa méthode thérapeutique :

— J'utilise une forme d'hypnose pour permettre à mes patients de revivre la situation et de mettre des mots dessus.

Il décrit les dix séances avec Maureen et égrène ses symptômes, typiques, selon lui, du trauma : raidissement du corps pendant le récit, extinction de la parole – « classique quand on rencontre l'idée de sa propre mort » –, sentiment de sortir de son corps, de flotter au plafond pendant les faits, cauchemars récurrents accompagnés de tachycardie intense, asthénie physique et psychique.

— À moins d'être un expert, tous ces symptômes ne s'inventent pas, ils sont très caractéristiques du trauma.

L'avocate générale s'est levée. C'est une jolie femme d'une cinquantaine d'années, blonde aux yeux bleus, les cheveux élégamment coiffés de boucles souples, coquette avec son rouge à lèvres écarlate, assorti à ses lunettes. Tout l'après-midi, elle a montré une douce empathie envers les victimes, des femmes pour la plupart, qui se sont présentées devant la cour d'appel. Le ton a subitement changé.

— Ces symptômes ne pourraient-ils pas être plutôt liés à un précédent trauma, le précédent viol dont Maureen Kearney a été victime, ou à l'agression dont a été victime son fils, plutôt qu'aux faits dont elle prétend avoir été victime ?

— Elle m'a en effet parlé de ces précédents événements traumatiques, qui ont été traités par des confrères psychiatres. Ces traumas réveillent une réalité permanente de la mort et peuvent conduire à des addictions. Mais chaque trauma a sa propre spécificité, ses propres symptômes, on ne peut pas les confondre.

— Mais ces indices, gestes et mots dont vous parlez, ne pourraient-ils pas, alors, être liés au fait d'avoir inventé cet événement traumatique ?

— Cela pourrait en effet être un piège. Mais le corps garde un souvenir très précis des traumas. Je suis revenu à plusieurs reprises auprès de Mme Kearney sur les mêmes événements. Son corps a toujours exprimé les choses d'une manière identique. Je considère en mon âme et conscience qu'elle a subi une agression.

En démarrant ses réquisitions quelques minutes plus tard, l'avocate générale a montré que ce témoignage ne l'avait en rien ébranlée.

— Les premiers juges ont tranché sur un dossier solide, a-t-elle débuté.

Alors que j'écoutais d'une oreille lointaine la liste des contradictions du récit de Maureen Kearney égrenée par l'avocate générale, la même que celle dressée par les gendarmes en janvier 2013 et répétée, depuis, à quelques variantes près, par tous les auxiliaires de justice, je me souvenais d'un texte de Jacques Vergès écrit pour la collection « Que sais-je ? » sur *Les Erreurs judiciaires* :

La procédure inquisitoire, qui est la procédure française, donne aux juges un pouvoir sans contrôle autre que celui de leurs collègues, et l'erreur judiciaire, dès le départ d'une affaire, naît de l'opinion hâtive que se fait le magistrat, aveuglé par ses préjugés religieux, de caste, sociaux ou politiques, aveuglé aussi par les apparences. Beaucoup de magistrats ont le courage intellectuel de corriger, procédure faisant, cette vision erronée. D'autres, malheureusement (une minorité sans doute, mais encore trop importante), par entêtement et faux amour-propre, acceptent de condamner plutôt que de se déjuger, surtout si l'affaire passionne l'opinion. Alors, l'erreur devient crime : les aveux sont extorqués, les témoignages ignorés quand ils gênent, sollicités quand ils soutiennent l'erreur, les experts influencés.

Après les réquisitions de l'avocate générale, le jeune collaborateur d'Hervé Temime, Balthazar Lévy, s'est levé, la bouche un peu sèche. C'est lui qui a épluché le dossier d'instruction. Trois fois, en entier, de la première à la dernière page. Quelque chose làdedans clochait. Alors il a recommencé, jusqu'à ce qu'il trouve. C'était tellement évident que tout le monde était passé à côté depuis le début. Mais avant de dire ce qu'il a découvert il s'indigne. Il s'indigne des allusions de l'avocate générale. À cause de son « passé rempli d'épreuves », Mme Kearney, victime d'un viol à vingt ans, aurait été amenée à inventer un deuxième viol. « C'est bien cela que vous avez voulu dire, madame l'avocate générale, Mme Kearney est coupable aujourd'hui parce qu'elle a été victime hier ? C'est cela, la malédiction dont vous affligez Mme Kearney ? » Balthazar Lévy ne s'appesantit pas davantage. Il enchaîne avec les erreurs manifestes et lourdes qui ont entaché l'enquête. Voici la première :

— Les enquêteurs écrivent dans leur synthèse qu'ils n'ont pas trouvé d'autres traces génétiques que celles de Mme Kearney, son mari et sa femme de ménage. Mais aucune des analyses demandées sur les objets de la scène du crime – chaise, bonnet, couteau, scotch – n'a été retrouvée. On n'a pas d'analyses d'ADN. Rien pour dire que personne n'est venu.

Les scellés envoyés au laboratoire ne sont jamais revenus. Il faut l'écrire pour le croire : quand les gendarmes notent noir sur blanc, dès le 21 janvier, avant même la garde à vue de la syndicaliste, qu'aucune empreinte, aucune trace génétique autre que celles de Maureen, Gilles et Maria, la femme de ménage, n'a été identifiée sur les lieux, ils se trompent. Et cette affirmation sera répétée, du PV de synthèse à l'ordonnance de renvoi des juges d'instruction, jusqu'au jugement de première instance, sans que personne, jamais, soit allé vérifier. Jusqu'à ce que Balthazar Lévy tique.

Maureen dira :

— J'avais toujours trouvé cette histoire bizarre. Pas d'autres ADN ? Mais, chez nous, il y avait tout le temps du monde qui passait. Le vendredi avant l'agression, François était venu prendre un verre à la maison après la visite chez le psychiatre. Comment n'aurait-on retrouvé que trois ADN, celui de Gilles, de Maria et le mien ? Même pas celui des enfants ?

Pour être sûr, Hervé Temime a quand même appelé le parquet de Versailles avant l'audience à la cour d'appel :

— Nous ne retrouvons pas le retour des scellés d'analyse d'ADN. Sans doute ont-ils été mal rangés ? Pouvez-vous nous les communiquer ?

Le parquet n'a jamais rappelé. Selon toute probabilité, les prélèvements ont disparu. Cela s'ajoute aux nombreux mystères de ce dossier. Les a-t-on égarés ou dissimulés ? Les gendarmes ont-ils délibérément menti sur leur PV de synthèse ? Inventé un élément dans le seul but de conforter leur intime conviction ? Péché par incompétence ou par précipitation ?

À cette première erreur, s'en ajoute une seconde, tout aussi incompréhensible. C'est encore Balthazar Lévy qui la révèle :

— S'agissant des traces digitales, le tribunal écrit, dans son jugement de juillet 2017, qu'il a été relevé quinze empreintes de Maureen Kearney sur le scotch qui a servi à l'attacher. Cette affirmation se fonde sur une confusion gravissime avec d'autres analyses menées sur des objets de la vie courante de Mme Kearney : verres, tasses et montants de porte. Par ailleurs, toutes les empreintes relevées appartiennent à la main gauche de Maureen Kearney qui est droitière. Preuve qu'à l'époque des faits, elle ne pouvait pas se servir de sa main droite. Et donc encore moins se tortiller les poignets dans le dos.

Cette fois, ce sont les juges de première instance qui ont tout mélangé. Dans le dossier, ils ont repéré un rapport d'expertise datant du 21 janvier 2013 identifiant non pas quinze d'ailleurs, mais huit empreintes de Maureen Kearney. Mais, en effet, elles n'ont pas été relevées sur le scotch. Sur le scotch, n'ont été identifiées que deux empreintes, dont aucune ne peut avec certitude être attribuée à la syndicaliste (les experts ont conclu que la trace peut correspondre aussi bien à Maureen qu'à sa fille Fiona). Encore un mystère. Les juges se sont-ils trompés ? Les a-t-on induits en erreur ?

Balthazar Lévy s'est assis. Pas besoin d'en dire plus. Deux erreurs suffisent, dès lors qu'elles sous-tendent l'accusation. Il était 22 h 25, à la pendule accrochée au mur, quand Hervé Temime a ajusté ses lunettes en écaille aux montures arrondies, épongé son front dégarni et humide, remonté les pans de sa robe sur sa chemise à boutons de manchette colorés, et que sa voix sombre s'est élevée dans la petite salle surchauffée de la cour d'appel de Versailles.

— Cela fait quarante ans que je fais du pénal. Et je ne suis pas ce genre d'avocat qui crache sur la justice française. Je vous dis pourtant que condamner ma cliente serait une erreur judiciaire. Cette enquête, c'est du zéro pointé, du niveau de l'affaire Grégory, et je pèse mes mots. C'est digne du pull-over rouge. Cette enquête ne vaut rien, c'est zéro, zéro plus zéro, je n'ai jamais vu un dossier pareil de toute ma vie, ce rapport d'incohérences, sur lequel vous vous appuyez, madame l'avocate générale, est rempli d'erreurs, voire d'éléments grossièrement faux. Il ne démontre qu'une seule chose : la conviction du gendarme qui l'a rédigé.

Les ventres étaient vides de n'avoir rien mangé depuis le midi et tout le monde écoutait, dans la petite salle d'audience au plafond bas, désormais plongée dans la pénombre. La plaidoirie de maître Temime n'a pas duré plus d'une demi-heure. Les camarades de la syndicaliste sont sortis d'un pas lent. Ils prenaient leur temps, fumaient une cigarette, pas pressés de se séparer, de retrouver le désert de la rue et de regagner les voitures qui les ramèneraient vers Pierrelatte, Bordeaux, La Hague, Tours ou Marcoule. Ils avaient envie de rester ensemble, encore un peu, un peu comme avant, on se tenait chaud, on se faisait du bien, et il suffisait de les voir se presser autour de Maureen Kearney pour imaginer quel leader charismatique elle avait dû être. Enfin, il a été l'heure de partir. Un retraité de Pierrelatte, qui était venu avec d'autres copains dans un minibus loué pour l'occasion, s'est approché de Maureen. Il l'a prise dans ses bras, elle lui a chuchoté quelque chose à l'oreille.

— C'est normal d'être là, tu as tant fait pour nous, lui a-t-il glissé.

Tout le monde s'est séparé dans la nuit en se faisant de grands signes d'adieux. Il ne restait plus que le portail de la cour d'appel de Versailles, muet et immobile, sa grande bouche en pierre n'ayant plus d'occupants à recracher.

Le 7 novembre 2018, la cour d'appel de Versailles a acquitté Maureen Kearney des charges qui pesaient contre elle. Dans son jugement, la cour a dénoncé les « carences » manifestes de l'enquête.

Une plainte pour « séquestration, viol et violence avec arme » avait été déposée en février par les conseils de l'ex-syndicaliste d'Areva. Mais le jour de sa première audition par le juge d'instruction, au sein même de ce tribunal de Versailles qui l'avait condamnée, Maureen Kearney s'est désistée de sa plainte. À soixante-trois ans, elle souhaite désormais « l'apaisement ».

Les scellés contenant les échantillons d'ADN prélevés à son domicile n'ayant pas été retrouvés, les chances de découvrir, des années après les faits, l'identité de son agresseur paraissaient très minces.

Postface
par Pierre Péan

En refermant *La Syndicaliste*, mes émotions partent dans tous les sens tellement j'attendais de ce livre. Avant tout commentaire, je trouve que c'est un excellent thriller conçu à partir d'une véritable affaire d'État. Mais, pour moi qui connaissais l'histoire de Maureen Kearney, ce livre représente davantage. Il était important qu'un livre soit écrit pour que soient connues ses souffrances et la terrible injustice qui s'est abattue sur elle, petite soldate qui croyait encore en des valeurs qui n'ont plus beaucoup cours dans le monde impitoyable des affaires dites d'État. Le livre répare – un peu – les monstruosités qu'elle a subies…

J'ai connu l'existence de Maureen par Anne Lauvergeon en travaillant sur mon livre *La République des mallettes* et sur ce que l'ancienne patronne d'Areva appelle la loge P2 où se côtoient le noyau dur de l'appareil d'État, quelques patrons et des personnages sulfureux, Alexandre Djouhri en tête, pour remodeler le Meccano industriel de la France. Sans se soucier du bien commun. Lauvergeon faisait de la résistance en continuant à vouloir inscrire la politique nucléaire de la France dans une vision gaulliste d'indépendance. Politique qui lui avait permis de rester dans le concert des grandes nations. Mondialisation aidant, Nicolas Sarkozy décidait de faire éclater tous les codes du passé en la matière. En commençant par confier à un patron du secteur privé, François Roussely, alors vice-président du Crédit suisse en Europe, la rédaction d'un rapport destiné à redéfinir la politique nucléaire. Un patron qui, de surcroît, était intimement lié à un pays étranger, le Qatar, promis à devenir un acteur essentiel dans la nouvelle politique. Les nouveaux décideurs – notamment Claude Guéant, François Roussely, Henri Proglio et Alexandre Djouhri – incluaient en catimini un autre grand acteur étranger, la Chine, en lui promettant d'avoir accès aux technologies pointues d'Areva. Brisant ainsi le tabou clé de l'indépendance nucléaire française… Lauvergeon était tout simplement vidée.

Mais, restait Maureen Kearney, sa puissante amie qui parlait au nom des dizaines de milliers de salariés du groupe et qui se battait pour les mêmes idées. Et elle, l'Irlandaise, s'installait en gardienne du temple français, faisant évidemment enrager les acteurs de ladite loge P2. Lesquels ne sont pas regardants sur les moyens utilisés pour imposer leurs vues et dégager ceux qui se mettent en travers. Ils trouvaient que Maureen exagérait vraiment en voulant faire d'un accord passé à Avignon entre EDF/Areva et le chinois CGNPC une « affaire », une véritable trahison. Maureen dépassait vraiment les bornes. Puisqu'elle refusait de prendre en compte les avertissements, une opération plus sérieuse de déstabilisation était alors montée…

Je fus personnellement scandalisé de ce qu'on faisait vivre à Maureen parce que je devinais, sans en avoir les preuves, les rouages de la mécanique infernale dont elle était victime. Trois jours après l'ouverture scandaleuse par le parquet de Versailles d'une information judiciaire contre la syndicaliste, je me rendais avec mon ami et coauteur Philippe Cohen chez elle à Auffargis. Ce qu'elle nous dit nous prit aux tripes. Les gendarmes l'avaient torturée moralement pour lui faire avouer ce qu'elle n'avait pas commis. Tout semblait être mis en place pour la faire devenir folle, pour la réduire à néant. J'ai tellement mal vécu cet entretien que j'ai un souvenir d'une pièce à l'image de Maureen, très sombre. Elle eut encore l'énergie de ne pas sombrer complètement, de se remettre debout et de clamer son innocence sans pouvoir pour autant arrêter la broyeuse judiciaire.

Philippe Cohen – qui faisait là sa dernière enquête – et moi allions interviewer Arnaud Montebourg à Bercy. Alors même qu'il était convaincu de la véracité des propos de Maureen, nous vîmes le poids de la rumeur d'État. Le locataire de Bercy était troublé… Cette rumeur empêchait évidemment que soit menée une enquête sérieuse pour connaître les auteurs d'une telle saloperie. Rien n'a été tenté pour voir si l'auteur ou les auteurs étaient les mêmes ou avaient des liens avec ceux qui ont tenté de briser Emmanuel Petit, un ancien cadre de Veolia qui avait dénoncé d'importantes pratiques de corruption et une tentative de racket faites par des gens du groupe ou proches de lui. Petit aussi s'était mis en travers de la politique menée par des gens qui sont, en partie, les mêmes que ceux dénoncés par la syndicaliste irlandaise. « Je suis menacé de mort, moi et ma famille, avait-il raconté. Quelqu'un a peint un cercueil sur la porte de ma maison. Le lendemain, ma fille de huit ans a découvert l'inscription : "T'es mort 1 + 4 = 5." Nous sommes cinq dans ma famille. Puis des menaces téléphoniques et des lettres anonymes. J'ai porté plainte, mes proches vivent dans l'angoisse [...] Je ne sais pas qui sont les voyous derrière ça, mais ces menaces arrivent après mon licenciement, et après avoir fait part de mon intention de saisir la justice de faits ahurissants. » Et quelques mois plus tard, c'est à sa femme que trois hommes cagoulés s'en prenaient en lui faisant une croix sur l'abdomen avec un cutter...

De façon scandaleuse, la justice condamna Maureen Kearney pour dénonciation mensongère en mai 2017 mais se rattrapa en appel un peu plus d'un an plus tard, sans pour autant effacer ce qu'on lui a fait vivre. Et, celui qui l'a violée et ceux qui ont monté l'opération diabolique vivent tranquillement.

Je me sentais coupable de ne pas avoir poursuivi mon enquête après la mort de Philippe Cohen. Je le suis moins, Caroline Michel-Aguirre l'a menée et bien menée...

Pierre PÉAN

PAPIER À BASE DE FIBRES CERTIFIÉES

Le Livre de Poche s'engage pour l'environnement en réduisant l'empreinte carbone de ses livres. Celle de cet exemplaire est de :
450 g éq. CO_2
Rendez-vous sur www.livredepoche-durable.fr

Composition réalisée par NORD COMPO

Achevé d'imprimer en mars 2023, en France par
La Nouvelle Imprimerie Laballery
58500 Clamecy (Nièvre)
N° d'impression : 303015
Dépôt légal 1re publication : février 2023
Édition 02 - mars 2023

LIBRAIRIE GÉNÉRALE FRANÇAISE
21, rue du Montparnasse – 75283 Paris Cedex 06

33/9194/9